斬り　居眠り同心　影御用 14

早見 俊

時代小説

二見時代小説文庫

名門斬り――居眠り同心 影御用14

目次

第一章　酷暑《こくしょ》の影御用　7
第二章　兄弟和解　53
第三章　偽《いつわ》りの身請《みう》け　95

第四章　放蕩の終わり　137
第五章　決死の弾劾《だんがい》　178
第六章　捨てられた家名　218

第一章　酷暑《こくしょ》の影御用

一

文化《ぶんか》十一年（一八一四）の水無月《みなづき》。

江戸は茹《う》だるような暑さである。そよとも風が吹かぬ昼下がりなど、往来には人影も少なく静けさの中に蟬《せみ》ばかりが元気一杯鳴き盛っていた。

そんな水無月三日の昼四つ（午前十時）、北町奉行所同心蔵間源之助《くらまげんのすけ》は客を迎えていた。

蔵間源之助、四十六歳。

背は高くはないががっしりした身体、日に焼けた浅黒い顔、男前とは程遠いいかつい面差《おもざ》し、一見して近寄りがたい男だ。両御組姓名掛《りょうおんくみせいめいがかり》、これが源之助の役職である。

南北町奉行所に所属する与力同心の名簿を作成するというなんとも長閑《のどか》な仕事だ。南北町奉行所を通じて定員が源之助たった一人ということが暇さ加減を如実に示している。

従って、奉行所の建屋《たてや》内にはなく、築地塀《ついじべい》に沿って建ち並ぶ土蔵の一つを間借りしている。板敷の真ん中に二畳の畳を敷き、文机《ふづくえ》が置かれてある。文机の隣には火鉢《ひばち》があったが、もちろんこの暑さ、火は熾《おこ》されていない。壁に沿って書棚が並び、南北町奉行所に勤務する与力、同心の名簿が部署別に収納されていた。

そんな窓際に身を置く源之助を訪れたのは、この暑いのに羽織、袴に威儀を正し、まさしく一糸《いっし》乱れぬ装《よそお》いの武士である。人品卑しからぬその武士は、公儀書院番組《しょいんばんくみ》頭《がしら》を務める五十嵐権十郎《いがらしごんじゅうろう》と名乗った。齢《とし》は源之助と同年配くらいだ。

書院番は将軍直属の軍団、小姓組《こしょうぐみ》と並んで両番と称され、名門旗本から特に優れた者が選抜される。十組から構成され、各組には番頭と組頭が一名ずつ、番士は五十人から編成され、それに与力十騎、同心二十人が付属していた。番頭は役高四千石、組頭でも千石という、三十俵二人扶持《さんじゅっぴょうににんぶち》の八丁堀《はっちょうぼり》同心からすれば仰ぎ見るような存在だ。

そんなご大層な身分にある五十嵐が八丁堀同心、しかも、居眠り番と揶揄《やゆ》される窓際にある自分に何の用があるのだろうか。

　風通しを良くするため、引き戸と天窓は開け放ってあるものの、土蔵の中とあって暑気が籠《こも》り、さすがに五十嵐も扇子《せんす》を使い始めた。源之助は高貴な身分にある五十嵐と同じ畳の上で見《まみ》えることを遠慮し板敷に下りようとしたが、

「苦しゅうない。忍びのことじゃ」

　五十嵐に言われ、文机の前に正座した。

　やがて、源之助が淹《い》れた茶には手をつけることなく五十嵐は空咳《からぜき》を一つすると言った。

「お主を紹介してくれたのは杵屋《きねや》の主人善右衛門《ぜんえもん》だ」

　杵屋善右衛門とは日本橋長谷川町《はせがわちょう》で履物《はきもの》問屋を営んでおり、源之助とは八丁堀同心と商人を超えた信頼関係にある。源之助は了解しましたとばかりに軽くうなずく。

「それで、これは……。当家の恥になることゆえ、大変申し辛いのだが。その、善右衛門が申すにはお主は口が堅い、非常に信用のおける男ということで、こうして訪ねてまいった次第」

　持って回った言い方をしているのはよほど外聞《がいぶん》を憚《はばか》る話なのだろう。書院番組頭という名門旗本家に関わる大事に違いない。源之助は黙って五十嵐の言葉を待った。し

ばし沈黙が続いた後、やっとのことで踏ん切りをつけたのか五十嵐は小さくため息を吐《つ》いてから、

「実は、わしの倅《せがれ》……。建十郎《けんじゅうろう》と申すのだが、建十郎を連れ戻して欲しいのじゃ」

「連れ戻す……」

それだけ言われても要領を得ない。首を捻《ひね》ることでもっと詳しい話をしてくれるよう求めた。意図は五十嵐にも通じ、今度は淀《よど》みない口調で語り始めた。

「倅は一年前にぷいと屋敷を出て行ったきり、今もって戻って来ない。元々、わしには反抗的で、直参旗本にはふさわしくない行状……、つまり放蕩《ほうとう》を繰り返しておった。わしは組頭に就任することになり、厳しく叱責《しっせき》を加えた。そのことが面白くなかったようで、出て行ったのじゃ。ところが、二、三日前、両国西広小路《りょうごくにしひろこうじ》の矢場《やば》にいるのを当家の若党が見かけた。若党によると、倅は武士とは思えないやくざな風体《ふうてい》をしておったとか。あの界隈《かいわい》では結構知られておるらしく、周囲からは建さんなどと呼ばれていい気になっておるようじゃ」

建十郎は五十嵐と喧嘩《けんか》の末五十嵐家を出てやくざ者へと身を持ち崩したようだ。さぞや五十嵐は気を揉《も》んでいるに違いない。本来なら、自分の跡を継がせなければならないのだろう。

「どうか、お引き受け願いたい」

五十嵐は軽く頭を下げた。御家《おいえ》の厄介事《やっかいごと》である。こうした騒ぎは身内で解決すべきだろう。将軍の側近く仕える書院番組頭の頼みとはいえ引き受けるのは気が重い。源之助が無言でいると五十嵐は言い訳めいたことを口に出した。

「わしは、何せ、上さまのお側近くお仕えする身じゃ。こんなことを申しては気を悪くするかもしれぬが、両国の盛り場などという下世話な所に足を踏み入れたことはない。勝手がわからぬでは、どうしようもなく……。やはり、こういうことは世情に通じた町方の者こそふさわしいと参った次第」

いかにも書院番の権威を笠《かさ》に着て町方の役人を見下《みくだ》した物言いである。不浄役人と蔑《さげす》まれてきたことを思えば仕方がないが、いい気はしない。邪推《じゃすい》かもしれないが、建十郎が家を出たのはそんな体面ばかりを気にする五十嵐に嫌気が差したのではないか。

「頼まれてくれぬか」

五十嵐は迫ってきた。居眠り番ゆえ、閑《ひま》を持て余している。それに、善右衛門の紹介をむげにもできない。

「わかりました。お引き受け致しましょう」

源之助が答えると五十嵐の顔は安堵《あんど》で綻《ほころ》んだ。

「これは些少《さしょう》であるが」

五十嵐は懐中から紫の袱紗包《ふくさづつ》みを取り出すと源之助の前に置いた。源之助は無言で眺める。五十嵐は用は済んだとばかりに腰を上げた。

「むろん、倅を無事連れ戻してくれた暁《あかつき》には、更に礼金を支払う。但《ただ》し、くれぐれも内密に願う」

五十嵐はそう釘を刺すとそそくさと立ち去った。まるで、不浄な所から一刻も早く逃れたいかのようだった。袱紗包みを開ける。

小判が三枚。

三両か。少ないとももらい過ぎとも思わない。引き受けた以上はやらないわけにはいかない。

実は源之助には裏の顔がある。

源之助はある事件で窓際に追いやられるまでは筆頭同心として定町廻《じょうまちまわ》り、臨時廻りを束ねていた。その辣腕《らつわん》ぶりはいかつい面差しと相まって鬼同心と恐れられていた。そんな源之助の八丁堀同心としての技量を居眠り番に埋もれさせるのはあまりに惜しいと、杵屋善右衛門をはじめ、大勢の人々が困難な御用を持ち込んでくる。いずれも表沙汰《おもてざた》にはできない御用であることから源之助は影御用《かげごよう》と呼んで引き受けている。

報酬《ほうしゅう》が目的ではない。八丁堀同心としての意地、それに矜持《きょうじ》、更には居眠り番にあってもくすぶり続ける探索欲と好奇心が源之助をして影御用に向かわせるのだ。

身を持ち崩した名門旗本の御曹司《おんぞうし》を連れ戻す。単純な御用ながら、ひどく困難なような気がした。なんだか、一筋縄《ひとすじなわ》ではいかないような……。


半時（一時間）後昼四つ半（午前十一時）、源之助はそんな予感に囚《とら》われたまま両国西広小路の盛り場にやって来た。日は未だ東の空にあって頭上には登っていないが、既に大地を焦《こ》がすようだ。それでも、往来には人が溢《あふ》れていた。

大川《おおかわ》を挟んで西と東、両方とも江戸でも有数の盛り場である。菰《こも》掛けの見世物《みせもの》小屋、葭簀《よしず》張りの床見世《とこみせ》、往来には大道芸人たちが持前の芸を披露《ひろう》している。ここばかりは炎暑にもかかわらず、町全体が活気でみなぎっている。

さて、矢場……。

広小路の表通りに限っても矢場はいくつかある。その中でも賑わっている見世に源之助は視線を向けた。

「きゃあ、建さん、素的《すてき》」

娘の黄色い声が聞こえた。

「あそこか」

思ったよりも早く見つけることができたのは、建十郎が予想以上に評判を呼んでいるからだった。陽炎《かげろう》に揺らめく矢場の前には娘たちで人垣ができていた。そのため、建十郎の姿は見えない。源之助は急ぎ足で矢場へと向かった。

「許せよ」

矢場に足を踏み入れた。

矢場の娘が源之助を八丁堀同心と見て、警戒の目を向けてきた。建十郎と思《おぼ》しき男は源之助など無視をして弓を引いている。次々と的《まと》に矢を命中させていた。

「旦那、おやりにならないんですか」

娘がいかにも迷惑だと言わんばかりに声をかけてきた。

「いや、やろう」

そう声をかけて弓と矢を求めた。絽《ろ》の夏羽織を脱いで床にそっと置き、横目に建十郎を窺《うかが》う。

建十郎は色白で背が高く、仲蔵縞《なかぞうじま》の単衣《ひとえ》の上からも武芸の修行を窺うことができるくらいにがっしりとした身体つきだった。面差《おもざ》しは若い娘が黄色い声を上げるように役者のような男前である。頬骨《ほおぼね》が張っているものの、鼻筋が通っている。涼しげな目元が武士らしい品《ひん》を感じさせ、単なるやくざ者とは一線を画していた。

源之助は弓に矢を番《つが》えた。それから的に向かって射る。矢は的を大きく外《はず》れた。娘が失笑を漏らしたのがわかった。つい、赤面し、あまり無様《ぶざま》な様子も見せられないと今度は少し真面目にやってみる。

しかし、またしても的を外してしまった。それに対し建十郎はというと、

「当た〜り〜」

と、太鼓《たいこ》が打ち鳴らされる。源之助とは好対照の鮮やかな手並みである。源之助は無意識のうちに肩に力が入った。むきになっているようだ。今度こそと思い矢を射るものの、肩に力が入り過ぎたためか的の手前にぽとりと落ちた。すると、往来で見物している男から、

「八丁堀の旦那、十手《じって》が泣くぜ」

というからかいの言葉を浴びせられた。それに反応して往来で建十郎を応援していた娘たちから笑い声が上がる。耳が熱くなるほどに恥ずかしい。

「旦那、しっかり」

矢場の娘から声をかけられ却《かえ》って焦《あせ》ってしまった。

「よし」

そう言うと今度こそとばかりに慎重に狙いを定める。横目に建十郎が蔑《さげす》みの眼差《まなざ》しを向けているのがわかった。

――おのれ――

額や背中が汗でぐっしょり濡れている。落ち着け、集中せよと自分を鼓舞《こぶ》し、弓を引いた。

「あ～あ」

見物人から素《す》っ頓狂《とんきょう》な声が上がった。矢は一直線に飛んだものの方向は大きく逸《そ》れ、隣の的、すなわち建十郎の的に命中した。

「こら、とんだ腕前だ」

誰からともなく騒ぎ立てた。哄笑《こうしょう》が響き渡る。源之助は建十郎に向かって、

「失礼した」

と、詫びを入れた。建十郎は笑いを嚙《か》み殺しながら、

「いいってことよ。所詮《しょせん》はお遊びだ。実際の弓矢とは違う。それに、八丁堀の旦那が武芸下手ということはそれだけ世の中が泰平だってことで、めでてえのかもしれねえぜ」

建十郎は周囲を見回した。たちまちにしてそうだそうだという賛同の声が上がる。

建十郎の有名人ぶりが知れる。ここでの暮らしぶりがすっかり板に付き、満足ゆくものではないか。盛り場と直参旗本の暮らし。余りに対照的である。

やって来る前に危惧《きぐ》したように、すんなりと戻ると言うかどうか。

「旦那」

娘が声をかけてきた。早く、残りの矢を射ろと言いたいのだろう。しかし、これ以上射る気はしない。

「いや、これで失礼する」

源之助が言うと娘はほっとしたようにありがとうございますとぺこりと頭を下げた。

「邪魔したな」

源之助は表に出た。真夏の日輪にさらされ、思わず顔を歪《ゆが》めてしまった。きっとからかいの言葉が浴びせられると思ったがそんな様子はなかった。というより、矢場の関心は既に源之助から離れ、建十郎に戻っているのだった。つくづく、建十郎という男の人気ぶりを実感した。彼らにとって建十郎は人気役者のようなものなのだろう。

矢場が目につく木陰でもと探したが、都合のいい場所は見当たらなかった。強い日差しに焦がされたままではさすがに身がもたないのだが、幸いにして間もなくして建十郎が出て来た。建十郎は娘たちが引き止めるのを振り切り、ぶらぶらと歩いて来る。

源之助の前に通りかかった時に目が合った。

「さきほどは失礼した」

源之助は語りかけた。

二

「なんでえ、あんた、詫びを入れるためにおれのこと待っていたのかい」

建十郎は目をぱちぱちとやった。言葉遣いも町人になりきっている。源之助はそれには答えず、

「飯でも奢《おご》る」

「そこまでしてくれなくたっていいってことよ」

建十郎はかぶりを振った。

「それではわたしの気が収まらん。ここは、わたしの顔を立ててもらいたい」

源之助はいかつい顔を精一杯緩《ゆる》めた。その甲斐《かい》あってか、

「そうかい、なら、ごちになるか。八丁堀の旦那と飯を食うのもいいだろう」

建十郎は鰻《うなぎ》でも食うかと言った。源之助もこの暑さ、鰻でも食べて精をつけようと

歓迎した。

　建十郎の案内で広小路の横町を入ると、蒲焼《かばや》きの香ばしい匂いが鼻先をくすぐった。思わず生唾が溢れてくる。

「腹が減っていたようだな、旦那」

　建十郎はからかい半分に声をかけてくる。源之助は否定しなかった。

「この店はな、店は汚ねえが味は確かなんだ。店が汚くたってかまやしねえさ。店を食うわけじゃねえんだからな」

　建十郎は軽口を叩きながら店の中に入った。すぐにあちらこちらから声がかかる。二階を使わせてもらうぜと一言断りを入れてから階段を上がる。源之助も続いた。階段を上がると六畳と八畳の座敷が襖《ふすま》を取り払われ、一つになっていた。川端にあるため、風通しがいい上に川面の煌《きら》めきが心地よく目に突き刺さる。

「まったく、畳くれえ取り換えればいいのによ」

　建十郎が言ったように畳の縁《ふち》が所々擦り切れ、素足にはちくちくとした。そこへ、女中が徳利と漬物を持って来た。

「酒と料理の手回しだけはいいんだ」

建十郎は女中から徳利と大根の浅漬けを受け取る。注文もしていないのに建十郎がやって来ると何はともかく酒なのだろう。

「白焼《しらや》きと鰻飯《うなぎめし》をくんな」

建十郎が手早く注文をすると源之助に徳利を向けた。正直、酒はそれほど好きではない。家で晩酌《ばんしゃく》をすることはないし、定町廻りであった頃も付き合いで縄暖簾《なわのれん》を潜ることはあったが、深酒をするようなことはなかった。今日は、建十郎の機嫌を損ねることもなかろうと猪口《ちょこ》を差し出した。建十郎の酌を受け、一口含む。

「漬物もやってくれ」

大根の糠《かす》漬けを食べる。よく漬かっていて酒との相性はよく、鰻の前には丁度《ちょうど》いい。

源之助が素性を告げると、建十郎も名乗ってから、

「人気なあ、別にそんなもんあったって何にもならねえさ」

「いやいやどうしてどうして」

ここで源之助は本題に入ろうと思った。

「実は、おまえを訪ねてまいったのだ」

建十郎の目が鋭く凝らされた。源之助の魂胆《こんたん》を見透かしたようにして冷笑を浮かべ

る。それからぐびっと猪口を空け、

「親父に頼まれたのか」

「いかにも、建十郎殿」

源之助は姿勢を正した。

「ふん、何を今更」

建十郎は一瞬にして不機嫌になった。

「五十嵐さまのお気持ちもお考えいただきたい」

「ちょっと、いいかい。おれは、侍じゃねえ。侍扱いはやめてくんな。言葉遣いは町人に対するもので願いたいもんだぜ」

建十郎は両国での暮らしが気に入っている。実際、町人言葉がしっくりしていた。

「わかった、そうしよう。それで、建十郎、家に帰る気はないのか」

「あったら、家を出やしねえさ。おれは、侍の暮らしが嫌になったんだ。だから、家を出た。今更、戻る気はねえ」

「五十嵐家はどうなる。もう、知らぬと申すか」

源之助は建十郎に視線を預けた。

「知らん」

建十郎はそっぽを向いた。

「親子の絆《きずな》、血は水よりも濃いと申すぞ」

「そんなことあるものか」

建十郎は吐き捨てるように語尾を強めてから、ふと怪訝《けげん》な表情を浮かべた。それから、

「五十嵐家は兄が継ぐのではないのか」

「兄……。兄がいるのか」

いてもおかしくはないが、意外である。それはそうであろう。五十嵐権十郎が建十郎を呼び戻したいのはてっきり五十嵐家の跡継ぎを考えてのことだと思った。

「兄清十郎《せいじゅうろう》に継がせればいいんだ」

建十郎は言った。

「五十嵐さまはおまえに継がせたいのではないのか」

「そんなことはない。この放蕩息子にはそんなことは……」

建十郎は奥歯に物が挟まったような顔つきとなり、

「兄は妾腹《しょうふく》なんだ」

と、ぽつりと言った。

源之助はどう返したらいいのか言葉を探した。

「父が柳橋《やなぎばし》の芸者に産ませたんだ。おれより二つ上だ。母との間に子供ができなくてな」

要するに、五十嵐はたとえ芸者でも男の子を産んだがためにそれを引き取って育てた。ところが、運命とはわからないもので、その後、正室芳江《よしえ》が身籠った。建十郎を産んだのだという。

「母の意地かもしれねえよ。なんとしても子を産むんだと思っていたんだろうな。おれを産み、三年後には妹を産んだってわけだ。でもな」

と、ここまで言った時、鰻の白焼きと蒲焼きが運ばれて来た。建十郎の冷めないうちに食べようという提案に乗り、話を中断して鰻飯を食べ始めた。食べ始めると、しゃべるのが億劫《おっくう》になる。

「あんた、いい食いっぷりだな」

建十郎が言う。

いつまで経っても食欲は落ちない。どんなに暑くても食欲の衰えなどは考えられなかった。食べ終えて、建十郎は楊枝《ようじ》を使いながら、

「兄はすごくまじめだ。きっと、自分の出生を知って、猶更《なおさら》、がんばらねばと思った

んだろうな。品行方正、学問や武芸に励み、いつも礼儀正しくってな、おれはそんな兄に反発して放蕩を尽くしたってことだ」

建十郎は声を放って笑った。

「父への反発もあった。体面ばかりを大事にする書院番の暮らしぶりもつくづく嫌になった。それで、まあ、日々むくれていったのさ」

「反発した挙句《あげく》に家を出たということか」

「そういうこった。だから、おれは今更家には戻らない。そんな気はねえ」

建十郎はきっぱりと首を横に振った。

「しかし、五十嵐さまは建十郎に家督《かとく》を継がせたいと申しておられる」

「だから、兄こそが継ぐにふさわしいんだ」

建十郎は受け入れる気持ちはないようだ。

「わたしとしては引き受けた以上……」

源之助の言葉を建十郎は遮《さえぎ》り、

「なんだい、子供の使いじゃないって言いたいのか」

「そういうことだ」

源之助は首を縦に振る。

「まあ、せっかく訪ねて来てくれたんだから、あんたの顔を立ててやりてえのは山々なんだがな、これぱっかりはどうもな」

建十郎は大きく舌打ちをした。

連れ戻すと引き受けたからには、しかも、金まで貰った以上、駄目でしたでは通用しない。その反面、建十郎を無理に連れ戻すことに抵抗を覚えた。力ずくで連れ戻すことができる相手ではないということではない。こんなにもこの町に馴染《なじ》み、伸び伸びと暮らし、しかも、この町の者たちから愛されているのである。その建十郎を嫌がっている書院番の世界に引き戻すのはどうなのだろう。

「あんた、八丁堀同心だろう。どうして父の依頼でおれを連れ戻すなんてことを引き受けたんだい」

「それはまあ、わたしの性分でな。これで、お節介《せっかい》な男なのだ」

源之助は苦笑を漏らした。

「おかしな人だな」

建十郎はおかしそうに肩を揺する。

「わかった。これで帰る」

「まあ、父には言ってくれ。建十郎は二度と五十嵐家の敷居《しきい》を跨《また》がないと」

「伝えよう」

「なら、ごちになるぜ」

建十郎の物言いは実に爽《さわ》やかだった。源之助はこの男に親しみと好感を抱き、別れがたい気分となった。

「またな」

建十郎は言うや足取りも軽く階段を降りて行った。

「さて」

どうやって五十嵐に報告するか。下手《へた》に繕《つくろ》ったところで建十郎が戻らないことは歴然としている。正直に話そう。そうするしかない。

三

源之助は鰻屋から外に出た。すると、

「もし」

と、背後から声をかけられた。振り向くと鰻屋の女中である。何か忘れ物をしたのかと思ったところで、

「蔵間さまとおっしゃいましたね」

「いかにも」

「わたし、節《せつ》と申します」

「鰻屋で働いておるのだな」

お節はうなずくと、申し訳ないが建十郎とのやり取りを立ち聞きしてしまったと詫《わ》びた上で、何か言いたそうな素振りを示した。

「申してみよ」

「建さんを連れ戻しにいらしたんですね」

お節は悲しげな顔をした。いかにもいわくありげだ。

「おまえ、建十郎とはどのような仲なのだ」

「それは……」

お節は目を伏せた。頬が赤らんでいる。建十郎のことを慕っているのだろう。お節にすれば、建十郎が五十嵐家に戻って欲しくはないのだ。無理もない。自分が恋い慕う男を失いたくないというのは当然のことである。

「心配するな。建十郎に戻る意思はない。それに、わたしとて無理やり連れ戻そうとは思わん」

源之助は安心せよというように微笑《ほほえ》んで見せた。しかし、お節が言ったことは源之助の予想を裏切るものだった。

「建さんを御屋敷に戻してください」

「……。それは本心か」

「はい」

「おまえ、建十郎のことを慕っておるのであろう」

「慕っております」

「では何故……」

「慕っているからなのです。わたし、建さんがいつまでもこんな所に居てはいけないと思います。建さんは、ご立派な旗本の若さまなのですから、それにふさわしい暮らしをしなくてはなりません」

「馬鹿に物わかりがいいではないか」

「そんなことは……」

お節は唇を噛んだ。お節にすればまさしく断腸《だんちょう》の思いなのだろう。

「しかし、建十郎自身は五十嵐家には帰りたくない。ここでの暮らしがいいと申しておるではないか」

「それは、兄上さまへの遠慮です」

「建十郎は、品行方正な兄と五十嵐家への反発から放蕩をし、家を飛び出したのだと申しておったぞ」

「口ではそうおっしゃっています。ですけど、腹の内は違うのです」

お節の物言いはひどく確信に満ちたものだった。

「どう違うのだ」

「建さんは、兄上さまが御家を継げるように身を引いたのです」

「身を引いた……」

「そうです。兄上さまはご自分の出自《しゅつじ》がよくないことをとても気にされて、それはもう一生懸命学問、武芸に励まれたそうです。建さんはそんな兄上さまをご覧になられて、自分が身を引く気になられたのです」

「なるほどのう」

「建さんはとても心やさしいお方なのです。ですから、そんな心やさしい建さんに御家に帰っていただきたいのです」

お節の目から涙が溢れた。

「そのこと、建十郎が申しておったのか」

「いいえ」

お節は首を横に振った。

「では一体誰に聞いたのだ」

「雪乃《ゆきの》さまにお聞きしました」

「雪乃さま……」

「建さんの妹さまです」

「ここに来たのか」

「はい。わたしは、蔵間さまにしたのと同じように、雪乃さまが出て行かれたのを追いかけてお尋ねしたのです」

「よほど、建十郎のことを慕っておるのだな」

お節の頬が一層赤らんだ。

「妹御は何をしにまいられたのだ」

「お母上さまが、是非とも建さんに会いたいと……。なんでも、今は病《やまい》に臥《ふ》せっておいでなのだとか」

「重いのか」

「肺を患《わずら》っておられるとか」

病が重くなり、一目でも会いたいという母心だろう。五十嵐がそのことに触れなかったのは、五十嵐家の体面を考えてのことに違いない。

「それでどうしても、建さんの顔を見たいとおっしゃっているそうです。母親なら当然のことです」

「妹御はどうしても建十郎を母親に会わせたいということだな」

「ですから、わたし、建さんに御屋敷に戻ってもらいたいんです」

お節は訴えてきた。

「ところで、建十郎は今どうやって暮らしを立てているのだ」

「ご覧になったように、特に定職というものには就《つ》いていません。賭場《とば》とか夜回りなんかで小遣いを稼いだりしています」

夜回りをして、床見世や大道芸人たちからいくばくかの礼金を貰っているとは、建十郎の腕っぷしを頼られていることに加えて人望を感じさせるものだ。

「おまえの気持ちはわかった」

ともかく五十嵐に会う必要がある。三両は返すつもりだ。

「一度、兄上さまをここにお呼びしてはいかがでしょう。ご兄弟でじっくりと腹を割って話せば、建さんの気持ちも解《ほぐ》れると思うのですが……」

なるほど、それは名案かもしれない。建十郎が兄への義理立てから五十嵐家に戻らないのだとすれば、兄と会って自分の意志を伝えるのがいいし、兄は兄で建十郎への思いがあるだろう。

兄に当たってみるか。

半時後、源之助はその足で番町《ばんちょう》にある五十嵐の屋敷へとやって来た。

昼八つ（午後二時）、日盛りとあって蟬時雨《せみしぐれ》は耳をつんざかんばかりとなっているが、広大な敷地は深い緑に覆《おお》われ、風がよく通って涼を運んでくれた。

裏門から中に入ると、すぐに門番が案内に立ち御殿の玄関に導かれた。真新しい屋《や》根瓦《ねがわら》が強い日差しを眩《まぶ》しく弾き、玄関脇に植えられた赤松が青天に濃い緑を刻んでいる。玄関を入りすぐ右手にある使者の間に通された。待つほどもなく五十嵐がやって来た。

「早速《さっそく》、行ってくれたか」

期待の籠った目で見られ源之助はいささか後ろめたい気持ちになった。それでも気を確かに持つと懐から紫の袱紗包みを取り出し五十嵐の前に置いた。五十嵐の目は怪訝さと失望感に彩《いろど》られた。

「申し訳ございません。建十郎さまを連れ戻すこと叶《かな》いませんでした」

「建十郎と会ったのか」

五十嵐の声は曇っている。それが不機嫌さを伝えていた。源之助は鰻屋の二階でのことを話した。五十嵐は黙って聞いていたが、

「それでは子供の使いではないか。口ほどにもない男め」

と、あからさまに源之助をなじった。罵声《ばせい》を浴びせられる覚悟であったため、不快な気持ちにはならない。

「お役に立たなかったこと言い訳のしようもございません」

「ふん」

五十嵐は横を向いた。

「役立たずですが、一つお訊きしたいことがございます。わたしにはお聞かせくださいませんでしたが、建十郎さまにはお兄上さまがおられるとか」

五十嵐は横を向いたままだ。

「建十郎さまは兄上清十郎さまが家督を継げばよいとお考えでございます」

「そんなことは建十郎が決めることではない」

「清十郎さまはどうなるのですか」

「お主の知ったことではない」

五十嵐はこちらを向くと居丈高《いたけだか》に言い放った。建十郎はそんな五十嵐が嫌なのだろう。すると五十嵐は頬を緩めた。

「ともかく、いま一度、足を運び、建十郎を説得してくれ」

五十嵐は言った。

「無駄と存じますが」

源之助は自分でも意地になっていることがわかる。

「そこをなんとか頼む」

五十嵐は半ば強引に三両を源之助に返そうとした。そこへ、

「失礼します」

と、一人の楚々《そそ》とした娘が入って来た。品のいい小袖に身を包み、聡明そうな面差しをしている。娘は茶を持って来た。五十嵐が苦い顔をした。

「茶など女中どもに任せよ」

その言葉はいかにも八丁堀同心風情の前にやって来ることはないと言いたげである。

この娘が建十郎の妹雪乃ということだろう。案の定、

「わたし、建十郎の妹雪乃と申します。このたびは父がご無理なお願いをしましてま

ことにありがとうございます」

雪乃は丁寧にお辞儀をした。うなじの白さが目に突き刺さる。

「おまえは下がっておれ」

五十嵐が不機嫌に言う。

「いいえ、父上、蔵間さまに兄上を訪ねていただくには、当家の事情をお話しせねばならないのではございませんか」

雪乃がしっかり者であることはその口調といい、臆することのないはっきりとした物言いでよくわかる。

五十嵐は苦い顔をしたが、雪乃の主張はもっともだと思ったのか口を閉ざした。雪乃は源之助に向き直った。

「蔵間さま、父が建十郎兄さまに五十嵐家の家督を継がせたいのは、わたしの縁談のためなのでございます」

雪乃の言葉に五十嵐の表情が歪む。雪乃はすまし顔である。

「縁談でございますか」

源之助は聞き直した。

四

「そうです。御側御用取次《おそばごようとりつぎ》大杉《おおすぎ》左兵衛佐《ひょうえのすけ》さまのご子息左京《さきょう》さまとの縁談が調《ととの》ったのでございます。なにせ、大杉さまは大変な名門、公方《くぼう》さまの覚えもめでたいとご評判のお方、そんなお方と縁続きになることができるとあって、父上は相手の家柄を考えて清十郎兄さまではまずいとお考えなのでございます」

雪乃は淀《よど》みなく語った。

御側御用取次は八代将軍吉宗《よしむね》によって創設された。当初、吉宗は五代将軍綱吉《つなよし》の治世における柳沢吉保《やなぎさわよしやす》、六代将軍家宣《いえのぶ》、七代将軍家継《いえつぐ》の治世での間部詮房《まなべあきふさ》といった側用人が政《まつりごと》に力を持ち過ぎたことを警戒した。そのため、側用人が大名役であり老中並の役職であったのに対し、御側御用取次は旗本の役職、表向きの政には口出しできないことにした。

ところが、九代将軍家重《いえしげ》が言葉が不自由であったため、唯一人言葉を聞き取ることができる御側御用取次大岡忠光《おおおかただみつ》が力を持ち、十代家治《いえはる》の治世では御側御用取次であった田沼意次《たなべおきつぐ》は、その後側用人となり、さらには老中として田沼時代と呼ばれるほどの権勢を振るった。

すなわち、江戸城奥向《おくむき》を仕切る御側御用取次に嫌われては幕閣を担うことができないのが実情である。つまり、旗本ながら老中も遠慮するような身分である。そんな大杉家へ雪乃が嫁ぐとなると、なるほど、五十嵐としては御家の体面を取り繕うであろう。

五十嵐の本音が見えた。

「黙りなさい。そなたにしても大杉家の縁談、またとなきものぞ」

「体面ばかりを気にかけることはいかがでしょうか」

「そなたにはわからん！」

五十嵐が怒鳴りつけたところで源之助が割って入り、

「清十郎さまはどのようにお考えなのですか」

と、問うた。五十嵐は苦い顔をしてから、

「清十郎はわかってくれておる」

五十嵐の言葉に雪乃は反発をする。

「そんな……。あまりに身勝手でございます。おまえが世継ぎだと言って育ててきて、今更、弟に継がせるではあまりに理不尽《りふじん》ではございませんか」

「清十郎は承知しておる」

五十嵐はにべもない。

「わたしは勝手にすぎると思います」

「では、おまえは建十郎に戻って来て欲しくはないのか。血を分けた兄であるのだぞ」

「わたしも兄には御家に帰って来て欲しいと思います。母もそのことを強く望んでおります。しかし、そのことと家督を継ぐこととは関係がないのです」

雪乃は強い口調で言った。

「おまえ」

五十嵐が睨《にら》むや雪乃は源之助に頭を下げ、そのまま出て行った。五十嵐はきまりが悪そうに顔を歪ませていたが、

「ともかく、いま一度、建十郎を訪ねてもらいたい」

源之助に向き直った。さらには、

「そなたとて武士、一旦は引き受けておきながらやっぱりできませんでは、武士としての沽券《こけん》に関わるのではないか」

五十嵐は痛い所を突いてくる。そこまで言われてすごすごと逃げ出すわけにもいか

ない。源之助はこの時、厄介な板挟みに陥《おちい》ったことを実感した。安易に引き受けた自分が悪いのだ。どのような結果になるのかはわからないが、もうこの一件から逃げ出すわけにはいかない。

「承知致しました」

源之助は唇を噛み締めながら腰を上げた。

御殿の玄関を出て左へと向かう。するとそこに静かな佇《たたず》まいを見せる若者がいた。若者はこちらに向かって歩いて来る。この若者が清十郎であろう。

「蔵間殿ですな」

案の定清十郎であった。

源之助はこくりと頭を下げる。

「ちとよろしいか」

清十郎は素性を名乗り静かに言った。源之助が承知をすると、御殿の裏手へと導かれた。そこに御堂のような建物がある。清十郎に案内されるまま階《きざはし》を上り、御堂の中へと入った。

「この陽気ですからな」

清十郎は四方の障子を開け放った。風が通り、西日が具合よく松の木によって遮られている。中は文机が中央に置かれ、書棚があり、びっしりと書物が並べられてあった。文机には湯呑があり、白湯《さゆ》がたゆたっている。

書物は畳にも溢れ返り、それを清十郎は避けて源之助が座ることのできる隙間を作った。清十郎に促されそこに座った。

「建十郎殿の所へ行かれたのですか」

清十郎は折り目正しく丁寧な物言いである。否定するわけにもいかない。源之助がうなずいたところで、

「建十郎殿、承知くださったのですか」

「いいえ」

短く答える。清十郎は眉間《みけん》に皺《しわ》を刻んだ。源之助は手短に建十郎を訪問した経緯を語り、建十郎は清十郎に気を使っているようだということを言い添えた。

「いかにも、建十郎殿はわたしに気を使っている。わたしに家督を継がせるためにわざと放蕩をしたり、父の言いつけに背《そむ》き、挙句に家を飛び出してしまわれた」

清十郎は小さくため息を漏らした。

「そのようでございます」

「ところが、最近になって雪乃に良縁がもたらされたがために急に建十郎殿に家督を継がせるという話になった。建十郎殿のご気性を思えば承知はされますまいがね」

清十郎は達観した様子だ。

「ご心中、お察し申し上げます」

源之助は言ったが、清十郎はぼんやりとした眼差しを向けてきた。

「わたしの心中、いかに思うのですか」

「それは……」

思わず口ごもってしまう。きっと、悔しいに違いないと思っていると、

「貴殿、わたしが今更何を……。話が違うではないかとさぞや怒っているとでも思っているのであろう」

「はい。それで、雪乃さまなどは大層ご立腹なさっておられました」

源之助は正直に答える。

「雪乃らしい」

清十郎は苦笑を浮かべながらもそれをやんわりと否定した。

「こんなことを申すと信じてはくれぬかもしれぬが、わたしは、家督を継ぐことに執着はしておりません」

「それは」

それはいかなるわけかと問い返したくなる。

「当初はそうでもなかった。わたしの母はお聞き及びと存ずるが芸者、その事情から当初はそれで蔑まれては母に申しわけないと、必死で武芸の修行をし、学問に励んだものだ。ところが、今回の騒ぎが起き、わたしの心は冷めていった。いや、父を責めようとは思わない。武家とはそういうもの。わたしは、それを悪いとは思わない。だが、少しばかり疲れた。わたしには武家というものは似合わないのではないか」

清十郎は皮肉げに言った。

「なんとなくお気持ちはわかるような」

「わたしは学問がしたい。できれば学問で身を立てていきたいと思っております」

「学者になりたいと」

源之助は部屋中に山と積まれた書物を見回した。

「こうして書物を読んでいる時が一番の幸せを感ずるのです」

それは決して飾っているのではなく、清十郎の正直な心をさらけ出しているように思えてならない。

「よって、わたしは建十郎殿が帰って来て家督を継いでくれることが一番だと思っておる。このこと、建十郎殿に伝えてはくれまいか」

清十郎は軽く頭を下げた。

「承知致しました」

清十郎の気持ちを伝えれば建十郎の気持ちも変わるのではないか。建十郎は清十郎に義理立てをして家を飛び出したのだ。清十郎が家督を継ぐことに執着をせず、学問の道を歩みたがっているということであれば、建十郎は帰ってくるのではないか。そんな淡い期待が湧き起こる。

「それと、母上、あ、いや、建十郎殿と雪乃の母上だが、このところ病に臥せっておられる」

「それは雪乃さまが伝えたと」

「雪乃が建十郎殿を訪ねたのか」

「いかにも」

「そうか。ま、それはさておき、建十郎殿に屋敷に来させて欲しい。できれば、わたしが建十郎殿に心の内を語り、わかってもらいたいと思います。これまで、兄弟といってもあまり口を利くこともなかったのでな、これをきっかけに兄弟腹蔵《ふくぞう》なく話をしたいのです」

お節の要請を思い出した。清十郎と建十郎を話し合わせたいということだ。

「お気持ちよくわかりました。では、どうでございましょう、清十郎さま。一度、建十郎さまをお訪ねになっては。わたしが仲立ち致します」

「貴殿、町方の御用に差し支えがあるのではないか。このようなことに巻き込んでしまいすまぬ」

「いいえ、わたしは至って閑な部署でしてな。御用などあってなきに等しきもの」

源之助が苦笑を漏らすと、清十郎は戸惑ったように口をつぐんだ。

「いや、気になさらないでください」

源之助は腰を上げた。

「建十郎殿が、どうしてもこの屋敷にまいられるのがお嫌ならわたしが訪ねると申してくれ」

よほど、清十郎は建十郎との話し合いをしたがっているし、そのことに希望を託しているかのようである。この兄弟、まるで正反対だが、二人共に好感が持てた。

それにしても皮肉なものだ。

出自《しゅつじ》が卑《いや》しいと蔑まれながら育った清十郎はいかにも名門旗本らしく育ち、人柄も物静かで武士らしい。ところが正室の子として産まれた建十郎は兄を気遣って放蕩に身を持ち崩した。

なかなかうまくいかないものだ。

源之助は運命の悪戯《いたずら》というものにいささか思いを致さないわけにはいかない。ふと振り返ると清十郎は文机に向かって本を読んでいた。背筋をぴんと伸ばした寸分の隙もないその様子はどこか楽しげに源之助の目には映った。

五

その頃、両国西広小路では大きな騒ぎが起きていた。矢場の裏手にある小さな稲荷《いなり》で男の亡骸《なきがら》が見つかったのである。

その亡骸に屈《かが》む八丁堀同心、北町奉行所定町廻り蔵間源太郎《げんたろう》、すなわち源之助の息子である。見習いを経て今年の正月から定町廻りとなった。二十二歳、まさしく血気盛んな若者で、炎天下をものともせず町廻りに勤《いそ》しんでいる。

傍らには岡っ引、歌舞伎《かぶき》の京次《きょうじ》がいた。その通称が示すように歌舞伎役者をやっていた。役者絵から抜け出たような男前。十四年前に性質《たち》の悪い客と喧嘩沙汰を起こし、役者をやめた。源太郎の父で当時北町奉行所の筆頭同心であった源之助が取り調べに当たった。口達者で人当たりがよく、肝《きも》も据《す》わっている京次を源之助が気に入り岡っ引修業をさせ、手札を与えられたのが九年前だ。

江戸でも有数の盛り場とあって、殺しと聞いた野次馬《やじうま》が詰めかけている。それを京次が近寄るなと遠ざけていた。源太郎は亡骸をよく見た。紺木綿《こんもめん》の単衣に角帯、前掛けをしていることから店者《たなもの》と思われた。前掛けに丸に山の文字が記してあることから、素性が判明するのはそう難しくはないだろう。

案の定、野次馬の一人が、

「山崎屋《やまざきや》の前掛けだぜ」

と、言った。京次が山崎屋とはと問い返すと、

「豊島町《としまちょう》にある紺屋《こうや》ですよ」

紺屋とは染物屋である。紺屋の手代《てだい》ということだろう。胸を刺されていた。

「では、山崎屋に使いを出すか」

豊島町は両国西広小路からは目と鼻の先だ。源太郎の指示で町役人《ちょうやくにん》が山崎屋へと走った。着物の袂《たもと》を探る。巾着《きんちゃく》が出て来た。物盗りではないということだ。

「恨みの線ですかね、それとも喧嘩」

京次が言った。

「わからん。それにしても、ずいぶんと思い切ったことをするものだ。白昼堂々、いくら裏道とはいえ両国西広小路のようなところで殺しを行うとはな」

源太郎の言葉に京次もうなずく。

「下手人《げしゅにん》は何者でしょうね」

京次は首を捻った。

「さてな」

二人はぎらぎらとした日輪を恨めし気に睨んだ。

ほどなくして山崎屋の主人金右衛門《きんえもん》がやって来た。金右衛門はおどおどとしながら源太郎の前に来るとぺこりと頭を下げた。

「この者だ」

源太郎に言われ金右衛門は亡骸を検《あらた》めた。すぐに悲しげに首を横に振る。

「権吉《ごんきち》でございます」

金右衛門は言った。山崎屋の手代だという。使いに出たばかりだという。

「こんな姿になるなんて」

金右衛門はまだ奉公人の死を受け入れることができないようだ。うつろな目で権吉の亡骸の傍らに蹲《うずくま》ったままである。

「辛かろうが、話を聞かせてくれ」

「はい」

金右衛門はうなずく。まず、源太郎は権吉の人となりを聞いた。

「十一で奉公にあがり、十年余り、それはもう一生懸命に働いておりました」

一昨年に手代となった。それからもなお一層の働きぶりを示したのだという。

「非の打ち所のない奉公人ということか」

「本当にまじめだけが取り柄のような男でございました」

金右衛門は悔しげに唇を嚙んだ。

「それはまた、かわいそうなことをしたもんだな」

京次は言った。

「まったく、これからという時に」

金右衛門は首を横に何度も振った。そう聞いた上ではこんな問いかけは無駄かとも思ったが、

「権吉に恨みを持つ者に心当たりはないか」

「いいえ」

金右衛門は強く否定した。そうであろうという気がする。とすると、通り魔という

ことか。通り魔ならば、巾着を放ってはおかないだろうが、しっかりと残していることを考え合わせてみれば通り魔ということも考えにくい。そんな源太郎の心の内を察したのか京次が、

「通り魔とは考えにくいですがね、それでも、当節、頭のいかれた連中ってのはいるもんですからね。ましてやこの暑さですよ。暑さにうだってむしゃくしゃして誰彼《だれかれ》かまわず人を殺《あや》めてしまうなんて野郎もいるんじゃねえですかね」

京次の言葉にも一理ある。決めつけはよくない。

「御役人さま、どうか、権吉を殺めた下手人《げしゅにん》を挙げてください」

「挙げるとも」

源太郎は力強く請け負った。

京次もうなずいた。金右衛門は町役人の手を借り、権吉の亡骸を山崎屋へと引き取る準備にかかった。それからふと思い出したように、

「まさか」

と、口走った。なんだか不穏なものを感じ、

「いかがした」

源太郎が訊く。

「いえその。そんなはずはないと思うのですが」

金右衛門は曖昧《あいまい》ではあるが、それしか心当たりがないと前置きをした。それから、

「あいつ、悪所《あくしょ》へ連れて行かれたそうなんですよ」

店に出入りをしている医師望月良庵《もちづきりょうあん》に連れられ両国橋の向こう、すなわち回向院《えこういん》門前《もんぜん》にある岡場所《おかばしょ》へと行ったという。

「まあ、わたしも、これまで一生懸命に働いてきたのですからそれくらいの遊びはいいだろうと目を瞑《つむ》ったのです。しかし」

権吉は岡場所から帰ってからというものうつろな目をするようになったという。

「それで、探りを入れてみたんですが、どうやら、岡場所の女郎に惚れたようなんです」

「初めて女を抱いて、それで、その女に骨抜きにされてしまったってことか」

京次は言った。まじめにこつこつと働いてきた若者が遊びを覚えてのめり込む、よくある話だが、それが殺しと繋《つな》がりがあるのかどうか。

「でも、わたしが、岡場所の女なんぞにうつつを抜かしているんじゃない、おまえにはいずれちゃんとした女房を世話してやるからと噛んで含めたように諭《さと》してやったんです。それで、権吉も納得はしたようなんですがね」

金右衛門は言った。

「すると、権吉が殺されたのはその女郎と関わりがあると」

源太郎が訊くと、

「そうとは決めつけられませんが、わたしとしましては他に心当たりがとんとございませんので」

金右衛門は言った。

「その女郎、名前はわかるか」

「さて、わたしは……。でも、一緒に行った望月先生ならご存知と思います」

源太郎はうなずくと、望月の住まいを確認した。

「よし、ならば、早速、望月を訪ねるか」

源太郎が言うと京次もうなずき歩きだした。

望月の診療所は山崎屋と同じ豊島町の一角にあった。折よく、望月が出て来た。源太郎が素性を名乗り、山崎屋の手代権吉が殺されたことを告げると望月の顔は驚愕《きょうがく》に彩《いろど》られた。

「なんと」

「で、今、下手人を探しておりますが、先生、権吉を連れて悪所へ行かれたとか」

「いかにも。回向院門前の鈴屋《すずや》という女郎屋でしてな、そこで、お夕《ゆう》という女郎のことを権吉はいたく気に入ったのでございます」

望月は言った。

「そんなにもですかい」

京次が念を押す。

「わしもいささか後悔するほどの惚れようでしてな、やめておけ、遊びですませと諭してやったのですが」

望月はいかにも残念そうだ。それからふと顔を上げ、

「まさか、そのことが元で権吉は殺されたのですか」

「それはまだわからん。しかし、他に手がかりらしきものはないのです」

源太郎は言った。

「まあ、まこと生《き》まじめな男でしたからな。人さまから恨みを買うようなことは考えられぬし」

望月も思案顔になった。

ともかく、鈴屋へ行くことにした。

第二章　兄弟和解

一

源太郎と京次は両国橋を渡り、回向院門前の鈴屋へとやって来た。京次が男衆に御用の筋で女郎のお夕に会いたいと言った。男衆は何の言いがかりをつけるんだという警戒心を抱きながらも店の奥へと引っ込んだ。待つことしばし、戻って来た男衆は反発心剝《む》き出しで、

「いますがね」

「なら、会わせろ」

京次が返す。不満たらたらな男衆に案内されて暖簾をくぐると、店の奥へと向かった。内証《ないしょう》があり、そこまでお夕がやって来るという。待つほどもなくお夕がやって

来た。派手な化粧をしているが歳はまだ十七とか。その歳で春をひさがねばならない境遇にいささかどころか大いなる同情をせざるを得ない。

だが、今はそのことよりも権吉殺しを追わねばならない。

「今日訪ねたのは他でもない。豊島町の紺屋で山崎屋の手代権吉を知っておるな」

「権吉さん……」

お夕の目がしばしばたたかれた。それがどうしたと言いたげだ。源太郎はうなずくと、

「殺された」

と、告げた。お夕の目が大きく見開かれた。

「いつのことですか」

「今日だ。二時《ふたとき》とは経ってはおらん」

「なんてこと」

お夕はがっくりとうなだれた。

「権吉はおまえのことを相当に好いていたようだな」

「何度か通ってくれました」

お夕はそれが悪いことでもあるかのようにうなだれた。

「何か特に変わった様子はなかったか」

お夕は考える風に首を捻ってから、権吉が一生懸命働いてお夕を身請《みう》けすると言ったと証言した。しかし、お夕を身請けするには五十両の金がかかり、とてものこと紺屋の手代が出せる金ではなかった。

「ですけど、あたしはその権吉さんの気持ちだけで十分でした。そんなにもあたしのことを想ってくれるなんて」

お夕は言葉を詰まらせた。無理もないことであろう。銚子《ちょうし》の漁師の家に生まれ育ち、口減らしのために売られてきた。楽しいことなどなかったという人生の中、権吉だけはやさしくしてくれたという。

お夕はきっと顔を上げて、

「権吉さんを殺した下手人、必ず挙げてください。なんだか怖いです」

自分にも危害が加えられると危ぶんでいるのだろうか。下手人の心当たりがあるのではないかと問うてみたが、見当もつかないとの返事だ。

「では、何故そんなに怯《おび》えるのだ」

「見知っている人が殺されるなんて……。滅多《めった》にあるもんじゃないですから、なんだか怖くなってしまったんです」

「ひょっとして、権吉同様におまえの元に通って来る客の中に下手人と思われる男がいるのではないか」

源太郎の胸は期待に膨《ふく》らんだが、

「いいえ、そんな人……。そんな人、いません」

お夕に強く否定され権吉殺しの糸口がつかめないまま、

「必ず挙げる」

と、力強い口調で請け負うしかなかった。

「お願いします」

しつこいくらいにお夕は繰り返した。そこへ、無情にも客だという声がかかった。源太郎は思わずむっとしたが、それも仕方がない。お夕は部屋から出て行った。京次が男衆を呼び止めた。権吉が殺されたことを伝え、何か心当たりはないかと尋ねた。男衆は心当たりがないと繰り返すばかりだった。

源太郎と京次は女郎屋を出た。

「ここにも手がかりはありませんね」

京次が言った。

地道な聞き込みをするしかない。これは案外、厄介な事件になるかもしれない。京次の顔にもそれを危惧《きぐ》する表情が現れている。この夏にふさわしい暑くて鬱陶《うっとう》しい事件になりそうだった。

源之助は五十嵐邸を後にした。

兄弟にとってよい解決とは何かということに思いを巡らす。しかし、いい案が浮かぶはずもなく八丁堀の家へと戻って来た。妻久恵《ひさえ》に迎えられ母屋《おもや》の居間へと入った。久恵が食事にしましょうかと言ってきたが、

「湯屋へ行ってくる」

今日はともかく汗を流したい。屋敷を出ると、半町ほど歩いて近所の亀の湯《かめのゆ》へとやって来た。湯銭を払い、脱衣所で着物を脱いで乱《みだ》れ籠《かご》に入れる。石榴口《ざくろぐち》から中に入る。もうもうと湯気が立ち上る中、身体を洗う。なんとなく火照《ほて》っているのは昼間、鰻屋で飲んだ酒が残っているからだ。頭の中がぼうっとした。それでも、早めに身を清めようと湯船にざぶんと身体を沈めた。

「ううっ」

つい、うめき声を漏らしてしまう。身体中の疲れが湯の中に溶け込むようだ。手足を伸ばし、心行くまで湯の心地よさを味わう。

そこへ、

「父上」

という声がした。源太郎が湯煙の中にいた。

「お背中、流しましょうか」

源太郎が気遣ってきた。

「いや、その必要はない」

実際、もうふやけてしまいそうだ。

「何か事件があったか」

源之助が訊くと待ってましたとばかりに源太郎は勢い込んだ。

「両国西広小路で殺しがありました」

「両国西広小路でか」

建十郎を訪ねて行って来た場所だけに反射的に過剰な反応をしてしまった。源太郎が不審に思うかと危ぶんだが、幸いにして源太郎は意に介することなく権吉殺しについて語った。一通り聞き、更に源太郎と京次が事件が難航するかもと見通していることにうなずき、

「これは案外手強《てごわ》い事件となるかもしれぬな」

「父上もそう思われますか」

源太郎の表情は厳しいものとなってゆく。

「地道な聞き込みをしていくしかあるまいな」

「わたしもそう思います。両国西広小路は江戸でも有数の盛り場、人通りが絶えることはありません。聞き込みは容易ではないと思いますがやってみないことには」

「人数を増やしてはどうだ」

「それも考えましたが、まずはわたしと京次でやってみます」

「そうか」

源之助はそれだけ息子の成長を感じずにはいられなかった。

と、ここでくらくらとした。

「父上、いかがされましたか」

「なんでもない。ちょっとばかり湯あたりがしただけだ」

源之助は言うとそのまま湯船を出て、脱衣所でしばらく休んでから帰途についた。湯上がりの夕風は堪《たま》らなく心地よい。

「お帰りなされませ」

久恵に迎えられ、こざっぱりしたところで食事にした。今日の献立は葱《ねぎ》の味噌汁に泥鰌《どじょう》の柳川《やながわ》だった。飯を食べる。しかし、意外なことに食が進まない。

「おや、もう、お仕舞いですか」

久恵が言ったように一膳で満腹感を得てしまった。

「そうだな」

「どこかお身体が悪いのではございませんか」

久恵が危ぶんでいるように普段の源之助は飯三膳が当たり前だった。それが一膳でもう腹一杯というのはいかにも小食だ。

「ちょっとした暑気中《あた》りのようだ」

言ってからさすがに老いを感じずにはいられない。

「お医者に診ていただいたらいかがですか」

「それほどではない」

「でも」

久恵はいかにも危ぶんでいるが源之助が意固地になることをかえって危ぶんだのか、それ以上勧めてはこなかった。

「さて、これで寝る」

源之助は腰を上げる。寝間に入り、蚊帳《かや》の中に入った。疲れがどっと押し寄せてきた。身体が重い。さすがにこの暑さは身に堪《こた》えた。

源太郎も家に戻った。

妻の美津《みつ》がかいがいしく食事の用意をしてくれる。

「お酒を持ってまいりますね」

「いや、今日はよい」

晩酌を欠かさない源太郎であるだけに美津は、

「何処《どこ》かお身体が悪いのですか」

「そうではない。身体を十分に造っておかねばならん」

言うや、源太郎は丼飯《どんぶりめし》を箸で搔き込んだ。美津はそれを見て、

「何か大きな事件があったのではないですか」

「どうしてだ」

「とても張り切っておいでですから」

「殺しだ」

源太郎が言うと美津の目が輝きを放った。美津は男勝《まさ》り、南町奉行所きっての暴れん坊と言われる定町廻り同心矢作兵庫助《やはぎひょうごのすけ》の妹であるだけに捕物や御用に異常な興味を抱いた。

「どのような殺しなのですか」

美津は興味津々《しんしん》の様子を隠そうともしなかった。

「両国西広小路で紺屋の手代が殺されたのだ。生まじめな男で、物盗りの仕業《しわざ》とも思えない」

「すると、通り魔ですか」

「わからん」

源太郎は飯のお替わりをした。

「ともかく、地道な聞き込みをしなければならん」

源太郎は自分に言い聞かせるように言った。

二

明くる四日の昼四つ（午前十時）、源之助は再び両国西広小路へとやって来た。昨日の矢場を訪ねると建十郎は鰻屋にいることがわかった。鰻屋の二階に居候しているのだった。

鰻屋の二階に上がると、建十郎は腕枕《うでまくら》でごろんと横になっていた。

「なんだ、また来たのかい」

建十郎はむっくりと起き上がった。源之助は建十郎の前に座った。

「親父の所へ行って来たのかい」

建十郎は単衣の袖をまくり二の腕をぼりぼりと掻いた。生あくびを漏らし、それは退屈そうである。

「行ってまいった。五十嵐さまはどうしてもお主に家督を継がせたいとお考えだ」

「だから、おれにその気はない。親父の体面で家に戻るなどというのはまっぴらだ」

建十郎は右手を振って帰ってくれと言った。

「お主が放蕩に身を持ち崩した挙句、家を飛び出したのは兄清十郎さまへの遠慮であろう」

図星のようで建十郎の目がむかれた。

「ふん、雪乃か。そんな戯言《ざれごと》を言ったのは」

「いかにも雪乃さまもだが、清十郎さまもそう申された」

「清十郎殿が」

建十郎はおやっという顔つきとなった。

「清十郎さまは、ご自分は跡継ぎから外されたことを少しも苦にしていない。それどころかほっとしたと申されておる。自分は学問で身を立てていきたたという希望も申された」

するとと建十郎の顔が歪んだ。半信半疑といった有様だ。

「どうであろう。清十郎さまはお主と会って話がしたいそうだ」

「清十郎殿が……」

建十郎はいぶかしんでいる。

「一度、腹を割って話したいとお望みだ」

源之助は建十郎に視線を預けた。建十郎の表情が微妙に変化している。兄に対する複雑な思いを抱いていることを物語っていた。

「帰る、帰らないはともかく、清十郎さまと一度じっくり話をしてみるというのもいいのではないか」

源之助は諭すような物言いをした。

「話……。本当に話だけだな」

「そうだ」

源之助はどうだという具合に念押しをする。

「ま、いいだろう。どのみち、帰る気はない。そのことは変わらんぞ」

「では、屋敷に行ってくれるな」

「いや、ここで会う」

建十郎はそれが条件だと言う。

「そうは申しても、お母上はどうなる。ご病床にあるお母上を見舞ってはいかがか」

「そういうわけにはいかん」

「お母上の気持ちも忖度《そんたく》してはどうだ」

「おれは勘当された身だぞ」

建十郎は意地になっている。

「だから、それはそれだ」

「そんな都合よく割り切ることなんぞできるわけがなかろう」

建十郎が断固とした拒絶をしたところで、

「失礼します」

と、娘の声が聞こえたと思うと雪乃が入って来た。

「おまえも来たのか」

建十郎は聞こえよがしに大きく舌打ちをした。雪乃はそれを無視して端然《たんぜん》と座り、源之助に挨拶《あいさつ》をしてから建十郎に向き直った。

「兄上、清十郎兄さまと会ってください」

「おまえまでがそう言うか」

「清十郎兄さまは兄上とお話をなさいます」

雪乃は言った。建十郎が返事をしないでいると雪乃は更に詰め寄った。建十郎は不《ふ》承不承《しょうぶしょう》といったように首を縦に振った。どうやら、妹が苦手のようだ。

「よかった」

雪乃はにっこり微笑むと立ち上がり、階段へ向かった。建十郎が怪訝《けげん》な表情を浮かべたところで雪乃は再び階段を上がって来た。そして背後には清十郎が続く。これには、建十郎も驚きの表情を浮かべた。部屋に入ったところで清十郎は正座をし、

「建十郎殿、しばらくでござる」

と、挨拶を送る。

「あ、こちらこそ」

建十郎も思わずといった風に正座をした。源之助は腰を浮かし、

「では、わたしはこれにて」

それを建十郎が引き止める。建十郎にしてみれば、久しく会っておらず尚且《なおか》つ屋敷にいた時もろくに口を利いたことのなかった兄との再会の場が気まずいのであろう。

雪乃も一緒に居てくれと頼んできた。清十郎も目で願っている。

「ならば」

源之助は浮かした腰を落ち着けた。清十郎がまずは口を開いた。

「建十郎殿、そろそろ家に戻られてはいかがか」

「いや、それはできぬ。わたしは、勘当された身。今更、五十嵐家に帰ることなどできるはずもなし」

建十郎の口調は知らず知らずのうちに武家風になっている。

「この度、父上は建十郎殿を五十嵐家の跡継ぎと決められました」

「わたしはあくまで兄上が継がれるべきと存ずる」

建十郎は言った。

「わたしは、継がぬと決めました。建十郎殿、わたしへの遠慮、義理立ては無用に願いたい。わたしは、建十郎殿が家督を継いでくだされば、五十嵐家を出るつもりでござる」

その言葉に建十郎も雪乃も驚きの表情となった。

「わたしはかねてより学問の道へ進みたいと思っておりました。そして、学者への道を歩もうと思っております」

「もう、お決めなのですか」

雪乃が訊いた。

「既に決めた」

清十郎ははっきりと首を縦に振った。

「誰か、学者の所へ行かれるのか」

建十郎が尋ねた。

「当家出入りの薬種問屋《やくしゅどんや》宝珠屋《ほうじゅや》の紹介で長崎の蘭学者君塚薫堂《きみづかくんどう》先生の塾《じゅく》へ入門することになりました」

「ほう」

源之助が思わず感嘆の言葉を投げかけた。

「もう決めたのですね。後へは引けぬのですな」

建十郎が問いを重ねる。

「わたしの決意は変わりません。学問で生きていきたい。わたしは心底そう思っております。ですから、建十郎殿が家督を継いでくだされば、まさしく心置きなく長崎へと旅立つことができるのです。まこと、身勝手と思われるかもしれませんが」

清十郎の顔には一点の曇りもなかった。建十郎は、

「兄上は幼い頃より学問好きでいらしたが、そこまでお考えとは」

「建十郎兄さま、清十郎兄さまのお気持ちをよく受け止めて差し上げなければいけないのではございませんか」

雪乃はしっかりと言葉を添えた。

清十郎は両手をついた。

「建十郎殿、どうかこの通りでござる」

それは真摯《しんし》な目を向ける。

「兄上、どうかお手を上げてください」

建十郎は静かに言った。

「では、五十嵐家に帰ってくださるか」

清十郎は勢いよく顔を上げる。

「それはできませぬ」

この期《ご》に及んでの建十郎の拒絶に雪乃も顔を歪めた。

「どうあってもでござるか」

清十郎は言葉を重ねる。

「こればかりはできませぬ。兄上は長崎に行かれたらいい」

「しかし、それでは五十嵐家は立ちゆきません」

「そこまで考えることはござらん。あとは父が考えること」

建十郎は言った。

「いかにも建十郎殿らしいお考えだ。いや、まったく、わたしは正直、幼い頃には建十郎殿のそんな自由奔放《ほんぽう》な点、羨《うらや》ましいと同時に憎悪の念を抱いておりました。なんと身勝手なお方か。母の出自が悪いばかりにわたしはそのことを一生背負わねばならない。そんなわたしにとって、建十郎殿は憎くてならなかった」

清十郎は切々と語った。建十郎は息を呑んで聞き入っている。清十郎は続けた。

「わたしは、建十郎殿には決して負けまいと学問や武芸に励みました。それに比べて建十郎殿は、日々、乱行が強まるばかり。わたしは内心で快哉《かいさい》を叫んだ。ところが、ある日ふと気付いたのです。建十郎殿はわたしを気遣い、わざと父のひんしゅくを買っているのだということに」

「それは穿《うが》ちすぎた見方でござる」

建十郎は断固として否定した。

「いや、わたしの考えは間違っていないと思う。わたしは建十郎殿の気持ちを知るや申し訳なさと自分の愚かさを悟りました」

清十郎は小刻みに身体を震わせた。源之助は目を伏せている。

「一度、どうしてもわたしの気持ちをお伝えしたくて勝手ながらまいった次第です」

「兄上……」

建十郎は真摯な目で兄を見た。清十郎も万感の想いで見返す。そんな二人を雪乃は目頭《めがしら》を押さえながら見つめる。源之助も胸が温かくなった。兄弟の気持ちが一つになったようだ。

三

源太郎と京次は両国西広小路で聞き込みを続けた結果、一人の怪しい男が浮上した。その男、やくざ者というかこの辺のごろつきで万蔵《まんぞう》という。何をやるでもなく、女を喰い物にしたり、博打《ばくち》をしたりしてだらしなく暮らしているそうだ。その万蔵、一日酒浸《さけび》たりで辺りかまわず喧嘩をふっかけたり、狂ったようにしているという。

昨日、権吉が殺された頃、矢場裏の小さな稲荷辺りをうろついているのが幾人かの目撃者によって明らかとなった。

「今、そこの縄暖簾で飲んでいるってことですよ」

京次が訊き込んできた。

「よし」

源太郎は勇み立った。

二人で縄暖簾の前にやって来る。灼熱《しゃくねつ》の日差しが降り注ぐ。京次が暖簾を潜ろうとしたところで、

「てめえ、ぶっ殺してやるぜ」

という絶叫が聞こえた。源太郎と京次は顔を見合わせる。続いて店の中から悲鳴が聞こえ、数人の男女が飛び出してきた。源太郎を見るや、

「中で男が暴れております」

と訴えてきた。京次が覗くと、暖簾の隙間から、男が匕首《あいくち》を振り回し、狂ったようにわめき散らしているのが見えた。

「万蔵ですよ」

京次は言った。源太郎は十手を抜いた。

「やめろ」

甲高い声で万蔵に言う。万蔵はちらっとこっちを見た。

「うるせえ」

目は獣《けもの》と化し、正体を失っている。

「大人しくするんだ」

京次が言うと、万蔵は目についた娘の袖を引き、あっと言う間に抱き寄せた。娘が悲鳴を上げるがそんなことにはおかまいなしに、匕首の切っ先を娘の喉《のど》へと突き付けた。

「すっこんでろ」

万蔵は言う。

「離せ」

源太郎は無駄と思いつつもそう声をかけざるを得ない。

「出て行け」

万蔵は言った。

「やめてください」

娘は悲痛な声を上げるものの万蔵にしっかりと抱かれ、身動きが取れない様子である。

「出てかねえとずぶりとやるぜ」

万蔵は人質を取り、すっかり強気になっている。娘は泣きだした。それで容赦《ようしゃ》するような万蔵ではない。

「おれはな、人を殺すのなんかなんともねえんだ」

そう嘯《うそぶ》く始末である。

店の中は万蔵と娘だけである。源太郎は京次を促して一旦外に出ることにした。

「おい、酒だ」

万蔵は叫んだが主《あるじ》も既に退散をしている。万蔵はぶつくさぼやくと五合徳利を引き寄せごくごくと飲み始めた。いかにも美味そうな飲みっぷりである。源太郎と京次は表に出た。

「今は手が出せませんね」

京次が言うように無理に万蔵を捕えようとすれば万蔵は間違いなくあの娘の喉を掻き切るだろう。

「しばし、様子見だ。おまえ、自身番に繋《つな》ぎをとってくれ」

京次は自身番に行き、奉行所へ使いを立てて人数を出してもらうよう取り計らった。

京次が戻ってくるまでの間、源太郎はじりじりと身を焦がされる思いで店の外にいる。

店の中からはすっかり調子に乗った万蔵の鼻歌が聞こえてきた。

「絶対に捕まえてやる」

源太郎は決意をみなぎらせた。なんとか隙はないかと注視をするが、万蔵はしっかりと娘を離さず、隙を見せることはない。じりじりとした焦りが募ってくる。

「いつまでもここにいても仕方がないぞ」

源太郎が声をかける。

「いつまでだっていられるぜ。ここは縄暖簾だ。食い物も酒も不自由しねえからな」

万蔵は声を放って笑った。

「しかし、いつまでもともいくまい。今のうちに出て来い」

「やなこった」

「ならば、おれを人質にしろ」

源太郎は強い調子で言い放った。

「なんだと」

「おれを人質にしろと申しておるのだ。よいか、わたしは八丁堀同心だ。わたしを人質に取った方が、利用のし甲斐があるというものだぞ」

「うまいこと言って、おれをお縄にしようって魂胆だろう」

万蔵は鼻で笑う。

「ならば、こうする」

源太郎は腰の十手、大小を帯から抜き取るとそっと店の土間に置いた。

「どうだ」

源太郎は絽の夏羽織も脱ぎ捨て丸腰であることを示した。

「ふん」

万蔵はにんまりとした。

「おまえ、紺屋山崎屋の権吉を殺したな」

不意に源太郎は問いかけた。万蔵の目が怪訝な色に揺れたが、

「ああ……。あの男か。ずいぶんと生まじめな野郎だったぜ」

万蔵はけたけたと笑う。源太郎は隙をつかもうと思ったがそれを見透かすように万蔵は言う。

「おっと、油断も隙もねえな。まあ、旦那、ちょいと近くへ来な」

まるで余裕たっぷりに言う。源太郎は万蔵の横で怯えきっている娘を見るとふつふつとした怒りが込み上げてきた。しかし、怒りに任せてはしくじるだけだ。己の気持ちを抑えゆっくりと万蔵に近づいた。万蔵の目の前に立つ。

全身汗ぐっしょりとなった。

「さあ、娘は離してやれ」

源太郎は静かに告げた。

「わかったよ」

意外にも万蔵は応じた。ほっと安堵したところで突如として、万蔵の拳《こぶし》が飛んできた。頬に衝撃が走る。続いて腹にも拳が食いこむ。思わず身体を曲げたところで後頭部を殴られた。たまらず土間に転がる。今度は万蔵に足蹴にされた。

「馬鹿め」

万蔵は高笑いをした。

娘は人質に取ったままだ。源太郎は土間を這いつくばりながら意識が薄れてゆくのを感じた。

「馬鹿な野郎だ」

万蔵のおごり高ぶった声が耳に残った。

「なんだか、騒がしいですね」

雪乃が窓の外に目をやった。

「そうだな、何か騒ぎがあったか。昨日は殺しがあったものだから、なんだか物騒なことが続くもんだ」

建十郎は立ち上がり二階の窓から下を見下ろした。源之助も見下ろす。通行人たちが騒いでいる。

「どうしたんだ」

建十郎が訊く。すぐに答えが返された。

「大変ですよ。刃物を持った野郎が娘を人質に取って矢場の向かいの縄暖簾に立てこもっているんですよ」

建十郎が目をむいた。

「ちょいと、事件だ」

建十郎は階段を降りた。

「兄上、どちらに行かれるのですか」

雪乃が心配そうに尋ねる。

「縄暖簾だ、こうしてはいられない」

建十郎が行く。当然ながら源之助も続いた。

炎天下、土煙が立ち上る中、建十郎は走って行く。源之助も負けじと続いた。すると、京次が源之助に気が付いた。

「刃物を持った男が娘を人質に縄暖簾に立てこもったそうだな」

突然の源之助の出現に戸惑いながらも京次はそうだと首肯《しゅこう》した。

「源太郎さんが店の前で頑張っていらっしゃいますよ」

「わかった」

源之助は自分も行くと言った。京次は刃物を持った男が万蔵という名で、山崎屋の手代権吉殺しの下手人らしいと説明した。

「万蔵か」

建十郎が言った。建十郎はさすがは両国の顔役らしくこの辺のやくざ者のことはよく知っていた。

「普段はおとなしいんだが、酒が入ると手がつけられねえ狂暴さを発揮しやがる。まったく、野良犬のような野郎さ」

建十郎は言った。

「厄介な野郎に関わったもんですが、なに、奉行所から応援が駆けつけてきますからね」

京次は言った。

「しかし、娘の命を第一にせねばならんぞ」

源之助は釘を刺した。

「わかってまさあ。そこんところは、源太郎さんは抜かりありませんよ」

京次が言うと建十郎はおやっという表情を浮かべたため、源之助が源太郎が倅であることを説明した。

「源太郎の邪魔はせぬが、このまま素通りもできん」

「どうぞ、こっちですよ」

京次が案内に立った。

四

店の前に立った。

野次馬の一人が、

「お若い八丁堀の旦那が縄暖簾の中に入って行かれましたぜ」

と、教えてくれた。

たちまちにして緊張が走る。京次が暖簾を上げた。土間に源太郎が倒れているのが見える。

「なんでえ、すっこんでろ」

万蔵が凄んできた。娘は顔を伏せ、泣いている。

「万蔵、いい加減にしろ」

建十郎が怒鳴った。万蔵は建十郎を見て一瞬ひるんだが、

「建さんか、ここは邪魔立てして欲しくねえな」

「馬鹿な野郎だ、もうここらが潮時《しおどき》だ」

建十郎は返す。

「源太郎さん」

京次が心配げに声を振り絞った。源太郎はぴくりとも動かない。源之助が京次の耳元で、

「裏に回るぞ」

と、言った。建十郎が表は任せておけと目で言った。

「おめえ、どれだけ迷惑かければ気がすむんだ」

建十郎は言葉を荒げた。

「あんたには関わりねえ」

「おれはな、この辺り一帯の平穏を担っているんだ」

「ふん、偉そうに、生意気言いやがって。あんた、旗本の出だからってな、でけえ面《つら》するんじゃねえぜ」

「なにを」

建十郎は真っ赤な顔をした。それをからかうように万蔵は笑い声を放つ。源太郎は意識を取り戻した。

——抜かった——

油断していた自分が情けない。頭がずきずきする。腹を殴られ嘔吐《おうと》しそうになった。しかし、ここでやられっぱなしでは八丁堀同心としてはもちろん、男がすたる。が、焦ってはならない。万蔵の油断をつくのだ。頭上で万蔵はまさしく慢心していた。

やがて、表の者とのやり取りを始めるに及び娘と少しだけだが離れた。

——今だ——

やおら、源太郎は立ち上がり万蔵の腕を摑《つか》んだ。意表をつかれた万蔵は驚きの声を上げた。が、それも束《つか》の間《ま》のことで、源太郎の腕を引き離そうと必死でもがく。するとそこに建十郎が飛んで来た。建十郎は万蔵の頬を殴りつけた。万蔵の身体が土間に横転する。

その拍子《ひょうし》に匕首が転がった。

「往生際《おうじょうぎわ》が悪いぞ」

建十郎が言う。万蔵は観念したようにうなだれた。源太郎は建十郎に目で合図をして自分に任せろとばかりに万蔵の腕をねじり上げ表へと連れ出した。表に出ると遠巻きに眺めていた野次馬たちが輪を縮めてきた。それを万蔵が凄い目で睨む。

「ざまみろ」

野次馬から罵声が浴びせられる。

「うるせえ」

万蔵の怒鳴り声が青空に吸い込まれた。それは負け犬の遠吠えでしかなかった。

源之助と京次は店の裏手に回った。そっと忍び足で裏木戸から店の裏口へと至る。裏口からは息を殺して中へと入った。と、同時に表の方で騒がしい人の声がした。店に入ると、万蔵の姿はなく娘が一人立ち尽くしている。暖簾の向こうに万蔵の腕をねじり上げる源太郎の姿があった。

「よかったですね」

京次が言う。

「そうだな」

源之助は身構えていただけにほっと安堵して、

「娘、もう大丈夫だぞ」

娘に気遣いを示した。娘は気分が悪いのかその場にしゃがみ込んだ。よほど、衝撃を受けたようだ。京次が助け起こそうと近づいた。

と、突如として娘は腰を上げた。右手にきらりと光るものがある。

「匕首……。どうするのだ」

源之助が問いかけたところで娘は店を走り抜けた。

「おい」

京次が止めるのも聞かなかった。


源太郎は万蔵に縄を打とうとした。すると、娘が駆け出して来る。手には匕首を握っていた。その目は血走り、異常な光彩を放っていた。

「やめろ」

源太郎は怒鳴った。娘は万蔵に突進する。万蔵が振り返った。娘は匕首を差し出した。万蔵はにんまりするや匕首を受け取る。

――なんだ――

源太郎は目の前の光景が信じられなかった。娘はどうして万蔵に匕首を渡すのだ。そんなことを考えている場合ではない。

万蔵は匕首を手にするや野次馬の群れの中へと飛び込んで行った。盛り場が一瞬にして阿鼻叫喚《あびきょうかん》の場と化する。万蔵は匕首をめったやたらと振り回し暴れ回った。野次馬の間から鮮血と悲鳴が湧き上がる。

源太郎は我に返り、万蔵に向かう。しかし、大小と十手を手放したままである。そこへ源之助と京次が駆けつけた。源之助は京次に、

「おまえは娘を捕まえておけ」

と言う。京次は無言でうなずくと娘に向かった。娘は虚脱したように路傍にへたり込んだ。

往来の人々は恐れをなし、端へと避難をする。

源之助は十手を抜く。それでも、万蔵は追い詰められた猪《いのしし》さながらに暴れ回っている。逃げまどう人々の中に鰻屋のお節の姿があった。路上に血を流し倒れる者が増えてゆく。江戸有数の盛り場は流血の場となった。

万蔵は狂ったような目で幼い男の子の襟首《えりくび》を摑み、わめき立てた。子供は火がつい

たように泣きわめき始めた。

源之助は万蔵の動きを見定める。血糊《ちのり》でべっとりとした匕首を振り回している。そこへ建十郎が戻って来た。

手には矢場の弓を持っている。

玩具《おもちゃ》に過ぎないのだが、それが建十郎には不思議と似合っていた。建十郎は万蔵を睨むと黙って矢を番《つが》え放った。

矢は万蔵の顔面を直撃した。玩具の矢とはいえ、万蔵は身を仰《の》け反《ぞ》らせた。さらに建十郎は矢を次々と放つ。矢は万蔵の顔面、胸板に次々と命中した。

たまらず万蔵はうずくまる。源之助は万蔵の襟を摑み十手で頬を打った。万蔵はその場にへたり込んだ。

「観念せよ」

源之助は言った。万蔵には抵抗する力が残っていなかった。建十郎が近くに歩いて来た。

「馬鹿な野郎だ。とんでもねえことをしでかしやがって、両国の恥だ」

建十郎は万蔵を睨み据えた。

と、ここで往来にへたり込んでいた娘が突如として走りだした。

「おい、待て」

意表をつかれた京次が止める間もなく娘は広小路を両国橋に向かって行く。

京次が娘を追いかけた。

娘はすばしこく、京次も容易には追いつけない。両国橋の袂に至ったところで、娘の前方に一人の侍が立ちはだかった。

「止まれ」

侍は両手を広げ娘の行く手を遮った。その時、侍の近くを女が通りかかった。京次は知る由もないが侍は清十郎、女はお節である。

「危ない！」

京次は叫んだ。そこで、清十郎も身に迫る危機を察知したようだ。さっと身を引いたが、娘は方向を変え、お節の方に向かった。お節はなぜか懐剣を持っていた。無謀にも娘に立ち向かおうとしているようだ。

が、お節の腰は引けていていかにも心もとない動きである。娘は必死に抵抗し、懐剣を持つお節の手を摑んだ。京次は二人の間に入ろうと機会を窺う。揉み合いが続いた後、娘がお節から懐剣を奪った。

娘が懐剣をお節に突きつけた。お節は清十郎の方を向いた。清十郎はお節の手を引き、自分の背中へ導き庇《かば》い立てた。

娘は夢中で懐剣を突き出した。清十郎の顔が苦渋に歪む。娘は動きを止めた。京次が娘を捕縛《ほばく》した。

お節が絶叫した。

清十郎はがっくりと往来に倒れた。胸に懐剣を突き立て顔面蒼白となった清十郎に容赦なく強い日差しが降り注いだ。

「しっかりなさってください」

お節は必死で呼びかける。しかし、清十郎から返事はなかった。そこへ雪乃が駆けつけてきた。気丈な雪乃といえども清十郎の姿を見ると仰天《ぎょうてん》して立ち尽くした。

源之助と源太郎は万蔵を捕縛する傍ら、万蔵の被害者を町役人と救済して歩いた。一人が死亡、四人が重傷、二人が軽傷を負った。死亡したのは立派な身形《みなり》をした商人風の男だった。建十郎も被害者の手当にあたり、騒然となった現場だがどうにか往来は静かに収まった。

そこへ京次が戻って来た。京次は建十郎の所へ行き、

「兄上さまが亡くなられました」

と、告げた。

「………………」

さすがの建十郎も呆然《ぼうぜん》と立ち尽くした。京次は簡単に、清十郎が刺された経緯を語った。

「なんという」

建十郎は堪らず走りだした。

五

源之助も現場を源太郎に任せて建十郎を追い、両国橋へとやって来た。遠巻きに野次馬の輪が取り巻いている。それを建十郎が荒々しく蹴散らし、雪乃のそばへと立った。雪乃は清十郎の亡骸の横で泣き崩れていた。建十郎がやって来たことに気づき、涙で腫《は》らした目で見上げた。

「清十郎兄さま……」

あとは言葉にならない。雪乃はしゃくりあげた。建十郎は雪乃の肩をぽんぽんと叩

き何度もうなずいた。横で縄をかけられ転がっている女に、建十郎は、

「おめえ、何者だ」

と、尋ねた。

「あたし、夕といいます。岡場所の女郎をしていました。万蔵さんに身請けされたんです」

お夕は言った。

そこへ京次がやって来た。白日の下にさらされたお夕の顔をまじまじと見て、

「てめえ、お夕じゃねえか」

と驚愕の声を上げた。まったく化粧っ気のないお夕の顔は、女郎の時とは別人のような子供っぽさの残る顔つきだったため、迂闊《うかつ》にも、源太郎も京次もそれまで気付かなかったのだ。

自身番にしょっぴかれたお夕は、ぽつりぽつりと、以前から万蔵に惚れられていて、今日になって身請けされたばかりなのだ、と話したのだった。

「万蔵さんは恩人なんです」

お夕は涙ながらに語った。

その夜遅くに源太郎は足取りも重く八丁堀の組屋敷へと戻った。できれば、そのまま寝床に入りたかったが、源之助に事の顛末《てんまつ》を報告しようと思い立ち母屋を訪ねることにした。

源之助は食事を終え、茶を飲んでいるところだった。

「父上、本日はまことにありがとうございます」

源太郎はまず昼間の礼を言った。

「大変な騒ぎであったな。おまえ、怪我《けが》はどうであった」

「大したことはございません」

「そうは申しても、ちゃんと診てもらわねばならんぞ」

とかくに逸《はや》りがちな源太郎を諭すように言った。源太郎は責任を感じているようだ。

「わたしが、油断したがために、万蔵を暴れさせてしまい、多くの犠牲者を生じさせたことまことに申し訳なく存じます」

源太郎は反省しきりとなっている。

「それにしても、あの娘がお夕だったとは。いくら女郎屋の暗がりで見たとはいえ、同心としてあるまじき失態でした。万蔵はお夕に以前から惚れていて、身請けしたばかりとのことでした」

「で、万蔵はお夕の身請け代金はどうしたと申しておるのだ」

源之助は言った。

「本人が申すには賭場で儲けたとのこと」

「馬鹿についていたということか」

「むろん、何処の賭場で儲けたのだということも含めて裏を取ります」

源太郎は意気消沈《いきしょうちん》である。

沈痛な気持ちを抱いているのは源太郎ばかりではない。源之助とてどうにもやりきれない気持ちで一杯だった。せっかく、兄弟が腹を割って語り、理解し合ったという矢先に清十郎が死んでしまった。こんな運命の皮肉はないだろう。

「父上、五十嵐さまの一件はいかになるのでございますか」

「建十郎は五十嵐家に戻ること、渋っておるが、このままでは収まらんだろう。いかに豪胆《ごうたん》な男でも少しは考える間が欲しいのではないか。無理からぬことではあるがな」

実際どうなるのだろう。雪乃の悲しみは深く、いくら妾腹とはいえ、兄の死に縁談は日延べになるのではないか。

「恐ろしい偶然が重なったものです」

源太郎は言った。

「怪我をした者たちはどうだ」

「どうにか、命は取り留めました」

「せめてもの慰めだな」

源之助も感慨深げに返した。

「父上、こたびのことでわたしは箍《たが》が緩んでおったのだと思います。この暑さのせいにしてはまこと八丁堀同心として失格ではありますが、それにしましても、父上のお身体が気にかかります」

「わたしは大丈夫だ。丈夫なのが取り柄だからな」

「そうかもしれませんが、油断禁物です。おっと、これはわたしが自分に言い聞かせねばならないことですね」

源太郎は自嘲気味な笑みを浮かべた。

「そう、自分を責めるな。ともかく、万蔵の証言の裏付けを取れ」

「父上、何か不審な点を感じられましたか」

「不審とまでは申さぬが、万蔵の金の出所とあ奴の証言はしっかりと確かめねばならんぞ」

源之助は釘を刺した。

「わかりました。わたしもあの者の言動、どうにも気にかかります」

「この夏、お互い、一層の試練となるやもしれんな」

「大それた事件が発生してしまいました。天変地異に異常が起きなければよいのですが」

「なんだ。富士のお山が噴火したり、この暑いのに雪が降るとでも……」

源之助はおかしそうに笑った。

「父上、わたしはまじめに申しておるのです」

「そうか、それはすまなかったな」

源之助は吹き出した。そこへ久恵が西瓜《すいか》を切って持って来た。源之助は相好《そうごう》を崩して西瓜にかぶりついたが、源太郎は手にしたものの食べるのをためらっている。

「どうした」

「はあ、なんだか、血に見えて」

源太郎は言ったが己の度胸のなさを恥じ入るように勢いよくかぶりついた。食べるとその顔からは笑みがこぼれた。

第三章　偽《いつわ》りの身請《みう》け

一

　あくる五日、朝から源太郎は奉行所の詮議所で万蔵の取り調べを行ったが、万蔵は早く打ち首にでも磔《はりつけ》にでもしろとわめき立てるばかりで一向に取り調べに応じようとはしなかった。先輩同心牧村新之助《まきむらしんのすけ》が応援を買って出てくれたものの、万蔵の横着振りには手を焼くばかりだ。

　小上がりになった畳敷きに吟味方与力《ぎんみかたよりき》と書役《かきやく》同心が座り、源太郎と新之助は白洲《しらす》で万蔵を取り調べている。後ろ手に縛られた万蔵は、筵《むしろ》の上に正座させられていた。日が燦々《さんさん》と降り注ぎ、白砂は焼けるように熱くなり、源太郎も新之助も汗みずくだ。絽の夏羽織を脱ぎ、小袖を尻はしょりにして万蔵と対峙《たいじ》している。万蔵とても顔は汗でまみれているのだが、人を喰ったように涼しい表情を浮かべていた。

新之助が、

「五十両、何処で手に入れたのだ」

「賭場《とば》だって言ってるだろう」

万蔵は不貞腐《ふてくさ》れている。

「だから、何処の賭場だ」

新之助が詰め寄る。

「さあな、一か所じゃねえさ。両国のあちこちだよ」

「あちこちとは何処だ」

「そら、覚えてねえ」

「ふざけるな」

新之助も堪忍袋《かんにんぶくろ》の緒が切れたといわんばかりに怒鳴りつけた。

「なあ旦那、おれはな、死罪間違いなしだ。今更、あんたらのお取り調べに協力したところで罪が軽くなるわけじゃねえんだ。だから、賭場のことはしゃべらねえ。賭場が手入れされるのはかなわねえからな」

「案外と義理堅いんだな」

「そうよ。おれは義理堅いんだ」

万蔵はにやにや笑いをした。こいつは性根が腐り果てている。源太郎は万蔵の襟首を摑んだ。万蔵は挑発的な笑みを浮かべるばかりである。

これ以上続けても仕方がないと与力が判断し、万蔵を仮牢へ戻せと命じた。万蔵が中間《ちゅうげん》に引き立てられて行ってから、

「あいつからは何も引き出せん。こっちで裏を取るより他ないだろう」

新之助の考えに自分も賛同する。

「お夕の取り調べを行います」

与力の承諾を受け、二人は女仮牢へと向かった。

仮牢から出し、詮議所の白砂にお夕を座らせる。お夕は憔悴《しょうすい》しきっていた。お夕にすれば、惚れた男に身請けをされ、まさしく極楽気分に浸ったと思ったら一転、身請けをしてくれた万蔵が騒ぎを起こし、万蔵を助けようとして思いもかけず人を殺してしまった。地獄へ突き落とされたのだ。

「お夕」

源太郎が声をかけると、

「あたし、死罪になるんでしょうか」

お夕は言った。

否定はできない。相手は侍、しかも名門旗本の長男である。殺意がなかったとはいえ、死罪は免《まぬか》れまい。しかし、お夕の境遇を思えばいささかの同情は禁じ得ない。十五歳で売られ、嫌な思いをしてきたのだろう。そこへ、万蔵という男が現れ、心通うようになり身請けされた。

万蔵に身請けされたことに加え、自由の身となった喜びたるや言語に絶するものであったに違いない。何がなんでも自由の身を守るのだと逃亡を企てたのだろう。気持ちはわかるが犯した罪はあまりにも大きい。

「万蔵はおまえを身請けしてくれる際、何処で金を手に入れたと言っていたんだ」

「それは……」

お夕は見当もつかないという。万蔵は十日ばかり前に現れた。それから二度通ってくれた。とてもやさしくしてくれ、

「兄ちゃんに似てるんです」

故郷で漁師をしている兄に面影が似ているのだという。それで、好感を持ち、

「万蔵さんはわたしのことをあれこれと相談に乗ってくれたのです」

万蔵はお夕の経歴、愚痴《ぐち》などを懇切丁寧に聞いてくれたという。

「そのうち、いろいろな相談にも乗ってくれるようになりまして」

お夕は深刻な悩みを抱えていたという。

「一日も早くこの岡場所から逃れたいということか」

源太郎が訊いた。

「そうじゃありません」

お夕は弱々しく首を横に振った。一瞬、源太郎は新之助と目を合わせた。新之助もそこに何かを嗅ぎ取ったようだ。

「何だ」

「あたいのこと、好いてくれるのはいいんだけど、とってもおっかねえお客がいるって話したんです」

「その客とは」

源太郎は強い口調で問い返した。

お夕は黙り込んだ。相手の男に遠慮があるのだろう。その男……。

「山崎屋の権吉……。そうだな」

源太郎が静かに問いかけると、お夕はこくりとうなずいた。

「権吉、怖かったのか」

「は、はい」

お夕はその時の恐怖心が蘇《よみがえ》ったのか身を震わせた。

「しかし、山崎屋の主人の話では、生《き》まじめを絵に描いたような男、勤めぶりはそれはもうまじめで、周囲の者にはやさしいと評判であったとか」

源太郎は言った。

「とってもいい人なんです。まじめで、それはもうあたいのことが好きだってとってもまっすぐな気持ちを打ち明けてくれました。でも、その目が普通でないんです。思いつめたような。それで、あたいと所帯を持ちたいなんて言い出して、それで、あたい、夫婦《めおと》になるにはあたいを身請けしてくれなきゃできないって言ったんです。身請け金は五十両だって。そうしたらきっと諦めてくれると思ったんです。すると、権吉さん……」

ここでお夕は言葉を詰まらせた。

「どうしたんだ」

思わず勢い込む。

「それが、権吉さん、それなら一緒に死のうって。心中してあの世で一緒になろうって言い出したりして、あたい、怖くなって」

その日はどうにか説得して権吉を帰したものの、このままではお夕は権吉に殺されると思ったという。そこで万蔵に相談した。

「万蔵さんはおれに任せておけって言いました」

「任せておけとはどういうことだ。権吉の所に行って話をつけてやるということか」

源太郎の瞼《まぶた》には万蔵が権吉を脅している様子がありありと浮かんだ。

「いいえそうではありません。万蔵さんは、それなら自分がおまえを身請けすると言ってくれたのです」

「ほう、それで五十両を用立ててきたのだな」

「その話がありまして二日後のことです。つい、昨日。権助さんが殺された明くる日でした」

お夕は言った。

「やけに手回しがいいではないか」

「万蔵さんはあたいが権吉さんに危うく殺されそうになっていることを知り、急いで用立ててくれたのです」

お夕の目は真摯に凝らされた。万蔵に対する信頼の高さが存分に感じられ、それがかえって憐《あわれ》みを誘う。

「万蔵さんのお蔭で岡場所から抜け出ることができました」

「万蔵はおまえを身請けして夫婦になろうと申したのか」

するとお夕の目が揺れた。明らかに動揺の色を浮かべている。

「それが」

「何も聞いておらんのか」

「いえ、きっと、夫婦になるつもりだったと思います。まずは、旅にでも出ようって万蔵さんは気遣ってくれたのです」

お夕は自分に言い聞かせるようにした。

「しかと相違ないな」

「はい」

お夕はこくりと首を縦に振ったもののその表情は曇っていた。

「そうか、よく話してくれたな」

源太郎は新之助を見た。新之助もそれ以上は追及しなかった。与力も満足げにうなずくのを見てお夕を女仮牢に戻した。

二人は詮議所から長屋門《ながやもん》脇にある同心詰所へと向かった。

「憐れなもんだな」

詰所前の木陰の中に入ると新之助が言った。

「悪い男に引っ掛かったということでしょう。あの万蔵がお夕と夫婦になるなど考えられませんよ」

源太郎は確信している。きっと、万蔵がお夕を身請けした背後にはそれなりの理由があるに違いない。

そこへ京次がやって来た。

「お夕の女郎屋へ行って来ましたよ」

京次は言った。

「どうだった」

新之助が聞く。

「男衆何人かに聞き込みをしたんですがね、それが万蔵って野郎のやり口ってのは実に悪辣《あくらつ》なものらしいですよ」

つまり、万蔵はお夕を五十両で身請けして、今度は別の女郎屋に売り飛ばすということをやるのだそうだ。

「やっぱりな、そんなことだろうと思った」

新之助が言った。

「まったく、どうしようもない悪党だ」

源太郎は言った。

「お夕はまんまと口車《くちぐるま》に乗ったってことか。かりに、万蔵と一緒にあの店を逃れたとしても再び、女郎屋に売られる。今度は百両で売られるとしたら、果てしもない年季になるということだ」

新之助は言った。

源太郎の胸は暗澹《あんたん》たる気持ちに塞がれた。

二

「これからどうしますか」

京次が訊く。

「山崎屋へ行こう」

源太郎が答えると新之助もそれがいいと賛同を示してくれた。

新之助は居眠り番に源之助を訪ねた。源之助は文机を前にうつらうつらとしていたが新之助が訪問するに及び、はっとしたように顔を上げた。

「また厄介事を引き受けられたとか」

新之助は言った。源之助は苦笑を浮かべながら、

「こればかりは性分でな」

「いかにも、蔵間殿らしゅうございますな」

二人は顔を見合わせて笑い合ってからふと新之助が、

「お夕、憐れなものでございます」

お夕の取り調べについて話をした。源之助はうなずきながら聞いていたが、

「万蔵という、腐れ果てた男に引っ掛かるとは、お夕という女、なるほど憐れなものだ。しかし、それでも罪は償《つぐな》わなければのう」

源之助とてもお夕の身の上には大いに同情はするが、人を殺《あや》めたことは消せない。

「ところで、五十嵐さまのご子息、まことにお気の毒なことで」

「いかにもな」

源之助は今晩行われるという通夜の席に出なければとは思っている。その際、五十嵐から叱責を受けることになろう。建十郎連れ戻しは未だ成就《じょうじゅ》とは程遠いものなの

だ。しかし、行かないわけにはいかない。

「よりによって、お夕に殺されるとはな。偶然とはいえ、皮肉なものだ」

「まったくでございます」

「まあ、腹を括《くく》って五十嵐邸へ行ってまいる」

これから、建十郎がどうするのかわからないが、源之助は建十郎が五十嵐家に帰るような気がしている。清十郎に対する遠慮やわだかまりは文字通り消滅したのだ。家に帰る下地はできたとも言える。清十郎がそのための犠牲になったというのはいかにも気の毒ではあるが。

「源太郎、どうした」

「万蔵の取り調べの一環としまして、山崎屋へと向かいました。京次も一緒です」

「あいつの納得するまでやらせたらいいさ」

「わたしもそう思います。それにしましても、今年は一段と暑うございますな」

新之助は手拭で首筋を拭いた。

「さすがに身に堪えるようになった」

「蔵間殿でもですか」

「でもとはなんだ。わたしも人だぞ」

言うと噴き出した。蟬が二人を嘲笑《あざわら》うかのように凄まじい鳴き声を注いでくる。

源太郎と京次は山崎屋へとやって来た。すぐに主《あるじ》の金右衛門が顔を出した。二人を母屋の客間へと案内する。

「権吉殺しの下手人を挙げた」

源太郎が告げると、

「それはありがとうございます。これで、権吉も少しは浮かばれるというものでございます」

金右衛門は手を膝に置いて丁寧にお礼の言葉を述べ立てた。

「下手人は万蔵というやくざな男だ」

「やくざ者でございましたか。それは、権吉も運が悪うございましたな」

「それで、万蔵が権吉を殺した動機なのだが」

ここで源太郎は言葉を止めた。

金右衛門の目が凝らされる。

「権吉は岡場所の女郎お夕にぞっこんだった。身請けが叶わぬということであれば心中まで考えていたという」

「なんということを……」

金右衛門は渋面《じゅうめん》を作った。

「それでだ、このところの権吉の素行、本当は不審な点があったのではないか」

「いえ、それは」

金右衛門は源太郎から目をそらした。

「あったのだな」

源太郎は身を乗り出した。金右衛門は観念したように、

「実は、店の金が五十両余り、なくなっておりました」

と、腹から絞り出したように答えた。

「権吉が盗み出したんだな」

「おそらくは……」

「権吉はその金を持ってお夕を身請けしようとしたんだ。その金を万蔵が狙ったんだろう。殺されたのが盛り場にしてはうら寂しい所であったことを考え合わせると」

源太郎はここで思案するように黙り込んだ。

「どういうことでしょう」

金右衛門は引き込まれたように顔を突き出す。

「万蔵はおそらくお夕から権吉のことを聞き、お夕を自分が身請けしようと企んだのだろう。権吉に近づき、五十両を店から盗み出せとそそのかした」

「お言葉ですが、権吉がたとえ惚れた女のためとはいえ店の金を持ち出したとは……。それに、そんなことをしてたとえお夕を身請けしたとしても金を盗んだことが発覚すれば、無事ではすみません。お夕と所帯を持つことなどできるはずもない。そのこと、権吉だってわかっておったと存じますが」

金右衛門は半信半疑の様子である。

「そこへ、万蔵がつけ込んだとしたら……」

「どういうことでしょう」

金右衛門は考えが及ばないようだ。

「万蔵が、自分が無事身請けさせてやるし、その後は二人を逃がしてやるとでも持ちかけたら、権吉はそれに飛びついたのではないか」

「それで、矢場の裏手にある稲荷へと向かったということでございますか」

「そう考えるのが順当ではないだろうか」

源太郎はこれこそが真相であると確信した。すると、万蔵の悪辣ぶりに益々腹が立ってきた。

「お役人さま、その万蔵という男……」

金右衛門も怒りを募らせたとみえ身体をわなわなと震わせた。

「万蔵は死罪は免れぬ」

「そのお夕という女はどうなるのでしょう」

「お夕も死罪は免れまい」

「なんだか、憐れになってまいりますな」

金右衛門は深いため息を吐いた。

「まったくですぜ。お夕は万蔵なんて悪党を信じたばっかりに、望んでもいねえ殺しなんかに手を染めてしまった」

京次は言った。

「ともかく、一件は落着といったところだ」

源太郎が言った。

「お手数をおかけしました」

金右衛門はしんみりとなった。

「しかし、おまえも五十両もの金を失ったのだからとんだ災難であったな」

「手前どもにとりましては、五十両よりも権吉を失ったことが痛恨事でございます。

あいつは優秀な職人になれたんです。それが生まじめさゆえに身を持ち崩してしまった。責任の一端はわたしにもあると思います。わたしが、仕事以外のことを仕込んでこなかったからあいつは女に身を持ち崩してしまった。そのことが悔やまれてなりません」

　金右衛門は痛恨の表情である。

「まあ、今回は本当に後味が悪かった」

　源太郎は吹っ切るように勢いをつけて立ち上がった。

「つくづく許せない野郎ですね」

　京次は感に堪《た》えたように首を横に振った。源太郎とて同じ気持ちである。万蔵という男、とんでもない奴だ。絶対に許すことはできない。そう思いながら奉行所へと戻って行った。

　奉行所に着くや新之助に金右衛門との会見の様子を報告し、

「万蔵、お夕や権吉を喰い物にしていたんです」

　と、付け加える。

「よし、あいつの口から詫びの一言でも言わせてやるか」

詮議所で新之助と共に再び万蔵の取り調べに当たった。万蔵は悪びれることもなく取り調べに応じた。

「なんでえ、まだ聞きてえことがあるのかい」

万蔵は言った。

「おまえ、権吉に五十両を盗ませたな」

「ばれちゃしょうがねえ。そうさ」

万蔵は平然と認めた。

「おまえは、権吉をそそのかしたんだな」

「おれに任せろ、と言ってやったらほいほい犬が餌《えさ》を求めてくるみてえに乗ってきやがったぜ、それで、あいつをあの稲荷に引っ張り込んでだな……」

万蔵はまるで手柄話でもするような態度で誇らしげに語った。源太郎は全身に震えが走った。背筋を悪寒《おかん》が走る。

「黙れ」

くぐもった声を発する。

「話せって言ったのはあんただろう」

万蔵はにやけた笑いを返す。

「黙れと言っているのだ」

源太郎は言うや右の拳で力の限り殴りつけた。万蔵の身体は後方に吹っ飛んだ。

三

日が落ちてから、源之助は五十嵐家へとやって来た。

高張提灯《たかはりぢょうちん》が掲げられ、大勢の弔問客《ちょうもんきゃく》が詰めかけている。源之助はやはり、ここは出直そうと思った。

それから三日後の八日、昼下がりとなってから源之助は五十嵐邸へとやって来た。裏門から訪《おとな》いを入れ中へと入る。すぐに先日同様御殿の使者の間に通された。

すぐに五十嵐がやって来ると思ったが代わりに品《ひん》のある女がやって来た。おそらくは五十嵐の妻であろう。傍らに雪乃が付き添っている。

「母の芳江です」

雪乃が紹介した。源之助は両手をつく。

「北町奉行所同心蔵間源之助でございます」

「このたびはお手数をおかけしたとのこと、雪乃からよく聞いております」

芳江の声は弱々しくかすれ、顔色も悪い。やはり、病というのは本当のようだ。

「奥方さま、お身体はよろしいのでしょうか」

「大丈夫です」

芳江は言ったそばからこほんこほんと咳《せき》をした。それから失礼しましたと詫びの言葉を述べる。

「母は清十郎兄さまが亡くなられたこと、ご自分のせいだと思っておるのです」

雪乃の言葉を引き取り、芳江が続ける。

「わたしが建十郎に会いたいということを盛んに言い立てたために、清十郎殿は自分がいては邪魔なのだと心を責めておられたことでしょう。思い詰めた挙句、自ら建十郎を呼び戻そうと思われて、両国まで出かけていかれ、こたびの災難に遭われたのでございます。わたしが悪いのでございます」

芳江は目を伏せた。

「そんなことはございません。清十郎さまは建十郎さまと心を通わされ、大変に満足されておられました」

源之助はちらっと雪乃を見る。雪乃もその通りだとばかりに力強く首肯する。

「清十郎さまが災難に遭われたのは、たまたまのことでございます。通りかかった町娘を庇われてのこと」

「その通りです。清十郎兄さまはわたしが駆けつけた時には、すでにこと切れていたのでございます」

雪乃は涙ぐんだ。

「まこと、惜しいお方でした」

芳江も言う。源之助はしばらく無言でいた。

「ところで、蔵間さま」

雪乃が訊いてきた。

源之助は身構える。きっと、建十郎のことに違いない。

「建十郎兄さまはどのようにお考えなのでしょうか。やはり、五十嵐家にはお戻りにならないのでしょうか」

「迷っておられると思います」

源之助は言った。

「というと、五十嵐家に帰って来る可能性もあるのですね」

芳江の目が希望に揺れる。

「清十郎さまとじっくりと腹を割って話されたことにより、清十郎さまに対する遠慮と義理立ては解消されたはずです。ただ、迷いというのはその清十郎さまが亡くなられてしまったことです。それをどう受け入れればいいのか、今はまだ気持ちの整理がつかないのではないでしょうか」

「わたしもそう思います」

雪乃が言葉を添えた。

「そういうことですか。建十郎は根はやさしい子ですからね」

芳江は納得するようにうなずく。

「ですから、奥方さま、ここはじっくりと構えて建十郎さまのお帰りをお待ちになってはいかがでしょうか」

「母上、蔵間さまのおっしゃる通りですよ」

雪乃が諭すように言ったところで、廊下を慌ただしく歩いて来る音がした。襖が開き入って来たのは五十嵐権十郎である。

「蔵間か、よく来られたものじゃな」

五十嵐は高圧的な物言いだ。雪乃と芳江がはらはらとした目をしたが、あまりの五十嵐の勢いに雪乃が助け舟を出してくれた。

「父上、蔵間さまは我らのために力を尽くしてくれたのですよ」

「何を申す。この男のせいで清十郎は命を落とし、建十郎は未だ帰らぬではないか」

五十嵐は語気を強めた。

雪乃が、

「今、建十郎兄さまは迷っておられるのです」

「迷う……」

「迷っておられるのです。事を急いてはなりません。蔵間さまに諄々《じゅんじゅん》と諭《さと》され、清十郎兄さまのお気持ちを知り、心が動き始めているのです。ですが、家を出たという負い目が拭えず、清十郎兄さまの死も重なって吹っ切れないでいるのです」

雪乃は果敢に五十嵐に説明してくれた。

「おまえの縁談は日延べになった。このままだと消滅してしまうかもしれぬ」

「わたしはかまいません」

あまりに毅然《きぜん》とした雪乃の答えに五十嵐はたじろぎ、

「馬鹿な、おまえが良くても五十嵐家の体面はどうなる。勝手なことを申すではない」

「体面、御家柄、そんなことばかりを気にされるから建十郎兄さまは家を出てしまわれたのです」

雪乃は収まらない。それを芳江が諫《いさ》める。五十嵐は苦虫《にがむし》を噛《か》んだような表情を浮かべ、

「実はいささか困った事態となった」

五十嵐の言葉を受け、源之助も背筋をぴんと伸ばした。

「此度《こたび》の騒動、とんでもない噂が出ておる」

五十嵐は言った。

「いかなる噂でございますか」

「清十郎の死、あれは建十郎が仕組んだというものだ」

「そんな……。そんなひどいことを」

雪乃は絶句し、芳江も言葉を失った。

「世の中というのは無責任なものだ。好き勝手に言っておるのだということはわかる。だから放っておけということにはならん。そんな噂が立つということは、わが五十嵐家を悪意を以て陥れることを策した者たちがおるということだ」

「それは考えすぎではございませんか」

雪乃が言った。

「恐ろしいことです」

芳江も理解できないとばかりに首を横に振る。

「世の中、そうした噂は広まりやすく人口に膾炙《かいしゃ》されやすいものじゃ」

五十嵐はここで表情を落ち着かせた。黙って源之助に視線を向けてきたのはその意見を求めたのだろう。

「わたしも悪い噂ほど立ちやすく広まりやすいということは身に染みております。しかし、人の噂も七十五日とも申します。そのような噂に翻弄《ほんろう》されることはないと存じますが」

これには雪乃も賛同した。

「その通りですわ。父上、口さがない者たちの噂話に右往左往されてはなりません。どうか、毅然とした態度を保ってください」

「これはわしとしたことがちと浮き足立ってしまったようだ。しかし、これによってそなたの縁談にも差しさわりが出るやもしれぬからな」

「大杉さまはそのようなことに耳を傾けるお方でございましょうか」

「そんなことはないとは思うが」

五十嵐は正直、安堵はできないようだ。

「わたくしさえしっかりしていれば問題はないと思います」

雪乃にはいささかの迷いも感じられなかった。

「よう、申した」

これには五十嵐も娘の気丈さを受け入れなければならないようだ。源之助も雪乃の気丈さには舌を巻いてしまった。五十嵐が思い直したように、

「ところで、蔵間、建十郎のことよもや忘れたわけではあるまいな」

「もとより」

「今は迷っておるとのことだが、いつまでも引き延ばすわけにはいかん。ここらで決断せよと申してくれ」

五十嵐の物言いは冷ややかでそのことに敏感に反応したのは芳江である。危うそうな目をしたのだ。そのことに気付いた五十嵐が、

「五十嵐家を存続させねばならん。場合によっては養子を取ることも考える。いつまでも建十郎に拘《こだわ》るわけにはいかぬ」

五十嵐は言い放った。

「それは」

芳江は裏切られたような気持ちを抱いたようだ。

「わしとて、建十郎には戻って来てもらいたい。血の繋がりのあるわが子に家督を継がせるのは当然のことだ。だが、五十嵐家の当主として私情を挟むわけにはまいらん。そのことはおまえたちとてわかるであろう」

五十嵐は有無を言わせないように釘を刺した。

ここで芳江が源之助に向き直った。

「わたしもまいります。わたしも建十郎の所にまいります」

と、嘆願した。

「馬鹿なことを申すな。みっともないことをするでない」

五十嵐の放った強い口調に芳江は打たれるようにして身を仰け反らせた。

「わかってくれ」

五十嵐は言った。

雪乃は母を慰めるような視線を注いだ。

四

源之助は複雑な気持ちを抱き、両国西広小路の建十郎を訪ねた。例の鰻屋の二階で

ある。建十郎は今日も腕枕で寝そべり、徳利を傾けていた。源之助に気が付くと、

「あんたもしつこいな」

いかにもめんどくさそうに起き上がる。

「わたしがしつこいとしたら、お主は優柔不断《ゆうじゅうふだん》ではないか」

「なんだと」

建十郎の目が尖《とが》った。

「図星を刺されたのだろう」

「馬鹿抜かせ、おれは、五十嵐家に帰る気などない。そのことはくどいくらいに申したではないか」

「ところが、その胸の内はというと、どうにも決めかねて困っているということだろう」

源之助はにんまりとした。

「ふん」

建十郎は観念したように苦笑を漏らした。

「意地を張ることはあるまい」

「意地など張ってはおらん」

「そんなことはなかろう。清十郎さまのお心の内を知ることもできたではないか。兄弟、腹を割って話し合ったであろう。こんなことを申してはなんだが、五十嵐家に戻ることは清十郎さまの遺志を受け継ぐことにもなるのだ」

「そうかもしれぬが……」

建十郎はどうにも煮えきらない。家を飛び出した時は五十嵐家と父への反発が大きかった。その反発の源は体面ばかりを大事にする武家の世界に嫌気が差したことである。嫌気が差したのは清十郎への遠慮と義理立てからでもあった。その清十郎の気持ちがわかり、わかった早々にこの世から亡くなってしまったことで、気持ちの張りがなくなってしまったのではないか。

それが建十郎にはおよそ不似合いな曖昧《あいまい》な態度となって現れているのだ。

「一度、屋敷を訪れてはどうだ。清十郎さまの御霊前に線香を供えるということで訪問はできよう。また、奥方さまのお見舞いということも忘れてはならん」

源之助が助け舟を出したが、建十郎は黙り込んでいる。

「兄の死を悼《いた》む、病の母を見舞う、これは武士の体面ではなく、人としての道だ」

源之助は静かに言い添えた。建十郎は依然として口を閉ざしている。胸の中ではさぞや葛藤《かっとう》が生じているのだろう。

「ここは、わたしの顔を立ててくれぬか」

源之助はここが押し時だと思った。建十郎の気持ちを楽にしてやることだ。自分に恩を着せるのがいい。

「正直、五十嵐さまと奥方さまに責められてな」

源之助は頭を掻いた。

「そんなことは無視すればいいではないか。あんた、厚意でやっているのだろう。町方の同心が書院番の命《めい》を聞く必要はないではないか」

建十郎は問うた。

「それはそうだがな、まあ、言いにくい話、おれとてただで動いておるわけではない」

源之助は下卑《げび》た笑みを浮かべて見せた。建十郎はくすりと笑い、

「そういうことか」

「恰好をつけても仕方がない。おれは奉行所では閑職にあるからな。役得もままならん。正直申して、こたびの五十嵐さまからの礼金はこの身にはありがたい」

源之助はぺこりと頭を下げた。

「なるほどな」

「だから、頼む。五十嵐家に帰ってくれとは申さん。顔を出してくれ。この通りだ」

源之助は両手を合わせた。建十郎は苦い顔をしていたが、

「まあ、いいだろう。あんたの顔を立ててやるか」

「ありがたい」

源之助は大袈裟《おおげさ》な仕草で礼を述べ立てた。

「まったく、あんたもとんだ狸《たぬき》だ。いかにも金で動いたように言っているが、その実、あんたの侍としての矜持と意地だってことはいくらおれにだってわかるさ」

「ともかく、頼む」

源之助は繰り返す。

「わかった。よかろう。根負けだ」

「ならば、いつにする」

源之助は畳み込む。

「決めたからには早い方がいいだろう。これから行くか」

と、建十郎らしい潔《いさぎよ》さを示してくれた。

「よし」

源之助も立ち上がった。と、そこへ階段が大きく踏み鳴らされる足音が響き渡った。

何事かと身構えると、

「なんだ、舅《しゅうと》殿じゃないか」

部屋に入って来たのは南町奉行所定町廻り同心矢作兵庫助である。

「どうしてここに」

矢作が問いを重ねたのと源之助が問い返したのとは同時だった。

「おまえこそ、どうしてここに」

「そら、役目に決まっているだろう」

矢作は建十郎を一瞥《いちべつ》した。建十郎は睨み返す。源之助が問い質《ただ》す前に、

「おまえ、五十嵐建十郎だな」

「だったらどうした」

建十郎はむっとして返す。矢作は、

「ちょっと、自身番まで来てくれ」

「なんだ、藪《やぶ》から棒《ぼう》に」

建十郎は反発心一杯である。

源之助も気にかかった。

「先日、起きたやくざ者が暴れてその弾みで女郎が直参旗本五十嵐清十郎さまを殺め

た一件があったな」

「知ってるも何もおれも立ち会った。が、それがどうした」

どうしたと聞いてはいるが、先ほど五十嵐から聞いた清十郎殺しの背景に建十郎の影があるという話を思い出した。あれは単なる無責任な噂話に過ぎないのではないのか。

「その殺しにこちらの建十郎が関わっているって噂があるんだよ」

案の定、矢作は言った。

「なんだと」

建十郎は顔を歪ませた。

「根も葉もない噂話だ」

源之助も擁護《ようご》に立った。

「親父殿、馬鹿に肩入れをするじゃないか。言っておくがな、こいつはかつては直参旗本の御曹司であったのかもしれんが、今は無宿人《むしゅくにん》だ。おれは、手心は加えねえからな」

建十郎の人となりを知らない矢作は、直参旗本の御曹司ということに拘《こだわ》り、意地を張っているようだ。

「そんなことは百も承知だ。おれだって、五十嵐家を飛び出したからには侍なんかに未練はねえ。だから、遊び人の建十郎で結構だ。しかしな、おれがどう関わっているってんだ」

建十郎がいきりたつのも無理はない。

「おまえが、女郎お夕をそそのかしたというんだ」

すると建十郎は高笑いをした。今度は矢作が怒りの形相《ぎょうそう》となったが、

「おれはお夕なんて女は知らねえ。なんで、知らねえ女をそそのかすことができるんだ」

ここで源之助も、

「お夕は清十郎さまではなくお節という町娘に刃を向けたのだ。清十郎さまはお節を庇って犠牲となられた」

「だから、それは予《あらかじ》め清十郎さまがお節を庇うことを算段した上でのこと」

矢作は言った。

「馬鹿な、そんなうまい具合に事が運ぶわけがなかろう」

源之助は言った。

「いくかどうかはわからん。だが、その疑いが出ている以上、調べないわけにはいか

ん」

矢作は言った。

「無責任な噂話を信じてのことではないのか」

源之助が矢作に向き直った。

「それがな、満更《まんざら》、無責任な噂話ばかりでもないんだ。実は、投書があった。お夕がいた女郎屋鈴屋からな。建十郎はお夕と親しく、お夕をそそのかしたってな」

「なんだと」

驚いたのは源之助ばかりではない。建十郎も口を半開きにしている。

「だからな、ちょいと話が聞きたいんだ」

「待て、それはいかにも話がおかしかろう。いくらなんでも、鈴屋がどうしてそんなことを文にするんだ」

「そんなことは知らねえ。おれはまず建十郎に話を聞くのが手っ取り早いと思ってやって来たんだ」

「おまえらしいな。まずは、鈴屋で裏を取ったらどうだ」

源之助は強く言った。

「それはまあ」

矢作は口の中でもごもごとやっていたがそれもそうだと思い直したのか、

「舅殿、建十郎をしっかり見張っていてくれよ」

と、言い残し部屋から出て行った。

「舅殿って呼ばれていたが、あの男、あんたとどういう関わりなんだ」

「あいつの妹が息子の嫁なんだ」

「へえ」

建十郎は素っ頓狂な声を挙げた。

五

「ずいぶんとそそっかしい男だな」

「それが、なかなかの腕利き、なにせ押し出しが強い男だからな。相手が誰であろうと物怖《ものお》じせぬ。そこがあいつの凄さであり、危うさなのだがな」

「あんたは相当買っているのだな」

建十郎は言った。

「ともかく、世の中には性質《たち》の悪い連中がいる。好き勝手な噂を立てて人が困るのを喜ぶ手合いだ。だが、今回は特に性質が悪いな。奉行所に投書をするとはな」

源之助は言った。

「おれもずいぶんと恨まれたもんだ」

建十郎は自嘲気味な笑みをこぼした。

「ま、矢作が鈴屋へ行けばはっきりすることだ」

源之助は言った。

「そう願いたいものだな」

建十郎は再びごろんと横になった。せっかく、五十嵐家に行く気になっていたのだが、それが削《そ》がれてしまった。

源之助も矢作が戻ってくるまではここを動けなかった。

待つことしばし、再び矢作の巨体が現れた。矢作は、

「いや、悪かった」

と、鈴屋に確かめたところそんな投書はしていないし、建十郎が鈴屋にやって来たこともないという証言であった。

「いや、すまなかった」

「みろ、この早合点が」

源之助は言った。

「いや、すまなかった」

矢作はいかにもばつが悪そうに建十郎に何度も詫びた。

「もういいさ」

建十郎らしい屈託のなさで言うと立ち上がった。

「あんた、行くぞ」

源之助に声をかける。

「行くか」

源之助も腰を上げた。矢作は何処へ行くのか知りたそうだったが、自分のしくじりに気が差したのか黙って見送ってくれた。


源之助と建十郎は表に出た。

「申しておくが、このまま五十嵐家に帰るということはせぬからな」

そう釘を刺してきた。

「わかっておる。おまえの気持ち次第だ」

「その言葉、忘れんぞ」

「ああ、武士に二言《にごん》はない」

源之助はきっぱりと言いきった。

「それでこそ、あんただ」

建十郎に言われ、源之助は黙って歩きだした。今日も日差しが強く、油照りである。それでも、この男と一緒に歩いていると暑さが和《やわ》らいでくるのは、建十郎が持つ生来の明るさのせいなのかもしれない。

と、

「やはり、おれ一人で行く。あんたとは屋敷で落ち合おう」

建十郎が言い出した。

「しかし……」

源之助が思わず逡巡《しゅんじゅん》を示すと、

「信用しろ。必ず行く。あんたと一緒に五十嵐家を訪問したのでは、なんだかばつが悪い。餓鬼《がき》じゃないんだ。行く、必ずな。武士に二言はない。おおっと、おれは武士を辞めたんだったな。なら、一時《いっとき》後だ」

建十郎はそう言い置くと両国西広小路の雑踏に消えた。背中に向かって武士らしい着物に着替えるよう言ったが、建十郎は右手を挙げただけで返事はしなかった。

今は昼八つ半（午後三時）だ。五十嵐邸へは夕七つ半（午後五時）に行けばよい。それまでの間何をするか。

「そうだ」

源之助は五十嵐権十郎を紹介した杵屋善右衛門を訪ねようと思った。

四半時《しはんとき》（三十分）ほどで日本橋長谷川町の履物問屋杵屋へとやって来た。店の裏手にある母屋の居間で善右衛門と向かい会った。

「今年の夏は一段と暑うございますな」

善右衛門は口に出してから、「毎年同じことを申しております」と自嘲気味な笑みを漏らした。源之助も時候の挨拶となると無意識のうちに、「今年の夏は暑い」と言ってしまう。実際に暑いのか暑く感じるだけなのか、それとも、夏の暑さに年々耐えられなくなっているのか。

「ところで、目下、五十嵐さまの一件に携《たずさ》わっております」

源之助が言うと、

「ご面倒をおかけしました。五十嵐さまは、善太郎《ぜんたろう》が新規でお出入りが叶ったお得意さまでございます」

善太郎とは善右衛門の一子、今では店の切り盛りを任せているが、かつて放蕩に身を持ち崩し、賭場に出入りしてやくざ者の仲間に加わっていた。それを源之助が連れ戻し、更生させたのである。

「五十嵐さまのご子息とうちの倅を同じにしては畏《おそ》れ多いのですが、善太郎のことがありましたので、わたしも建十郎さまのこと、他人事《ひとごと》とは思えませんで、蔵間さまを御紹介申し上げた次第です」

「建十郎さまがすんなりと御家に戻られるか、今が正念場です」

「ところで、清十郎さま……。まことにお気の毒なことでございましたな」

「ご兄弟の心が通い合った矢先のことでしたから、猶更《なおさら》、残念です」

源之助は鰻屋の二階で建十郎と清十郎が会ったことを話した。

「まこと、清十郎さまは聡明なお方でした。うちにも何度か訪れられ、そのたびに学問の話ですとか、人としての在り方ですとか、政をそれはもう熱心に語ってゆかれました」

善右衛門は懐かしげに目をしばたたいた。

「人としての在り方ですか」

「この世に生まれ、生きていく上で、義を通さなくてはならない。それは武士でも町人でも同様で、武士には武士の町人には町人の義があるはずだ、とおっしゃっておられました。その義を踏み外した者がいるのなら、それを正さねばならぬと」

「清十郎さまは、学者のように端然としておられましたが、熱き思いを秘めておられたのですな」

源之助の脳裏に離れ座敷で書物に囲まれながら暮らす清十郎の姿がまざまざと蘇った。五十嵐家を離れ、学者としての道を歩む、その歩みを通じて義を貫こうと決意していたのだろう。

つくづくその死が惜しまれる。

「あのような素晴らしい志《こころざし》を持ったお方が短い生涯を終えるとは、世の中うまくいきませんな。それとも、仏さまは汚れた世の中に住まわせることを気の毒に思われ、いち早く極楽に召されたのでしょうか」

「わかりません。この世しか見たことがありませんからな」

源之助は空を見上げた。松の木が西日を遮《さえぎ》ってくれているが、まだまだ暑気は一向に去らない。

さて、もう一仕事だ。

これからが本番である。

第四章　放蕩の終わり

一

その日の夕暮れ、源太郎は先輩同心牧村新之助の誘いを受け八丁堀の縄暖簾へと入った。小上がりになった入れ込みの座敷で向かい合い、

「まあ、一杯いけ、お手柄だからな」

新之助が徳利を向けてきた。源太郎は浮かない顔で猪口を差し出す。いま一つ乗りきれないのは、多くの犠牲者を出してしまったからだ。

「どうした」

新之助は笑みを浮かべた。

「いえ、その……」

源太郎はつい口ごもってしまった。

「気にしておるのか」

「わたしの失態でございます」

源太郎は頭を垂れた。

「死んだのは日本橋本町《ほんちょう》の薬種問屋宝珠屋の主五郎兵衛《ごろべえ》であったな」

「ええ」

源太郎は力なく返事をした。

「実はな、亡骸を引き取りに来た女房がしきりと首を傾げていた」

「どういうことでしょう」

源太郎は自分も怪我をしていたことからその手当と怪我人の介護に追われていたため亡骸への対応は町役人たちに任せていた。

「女房がしきりと、主人がどうして両国なんかに行ったのかわからないと疑念を口にしていた」

「偶々《たまたま》、両国へ出かけたのではないのですか」

源太郎自身も問いかけながら強い疑惑が立ち上がってきた。

「女房の話では五郎兵衛は出かける時は必ず何処そこへ行くと言い置いたそうだ。これはおれの勘なのだが、どうも今回の騒ぎ、裏があるような気がしてならん」

新之助は猪口を口に当てたまま呟《つぶや》くように言った。

「裏……。ですか」

源太郎の胸も大きく騒いだ。

「ああ、裏だ」

新之助は確信に満ちた声音《こわね》となっている。

「それはどういうことでしょう」

「強い根拠はないのだが……」

と、前置きをしてから新之助が挙げたのは、宝珠屋五郎兵衛が何故あの場にいたのか、お夕は何故匕首で五十嵐清十郎を殺したのか、お夕はお節と揉み合い、そこに清十郎が割って入ったのだが、そこに何らかの作意があったのではないか。

「これは偶然なのかもしれぬのだがな、宝珠屋五郎兵衛と五十嵐清十郎さまは親しく交わっていたそうだ」

新之助は言い添えた。

「偶然とは思えません」

「大いに臭うな」

新之助はぐびっと猪口を空けた。

「やってみます。もう一度、探りを入れてみます」

源太郎は目を輝かせた。

「なんだ、源太郎。急に元気になったじゃないか。今回の一件と関わりがあるのかどうかはわからんがな、今、本町の薬種問屋で不穏な動きがあるようだ」

「それはいかなることでございますか」

「薬種問屋の組合が何やら、結束して御公儀に反旗《はんき》とまではいかぬまでも、何やら訴えるような動きがあるようだ。そして、肝煎《きもい》りをやっていたのが」

「宝珠屋五郎兵衛ですか」

源太郎は勢い込んだ。

「そういうことだ。五郎兵衛が命を落としたことと関わりがあるのかどうかは決めつけられぬが、大いに気にかかる」

「繋がっていますよ」

源太郎は徳利を傾けた。しかし、空であることに気付き、大きな声で替わりを頼む。

「おい、おい、決めつけはいかんぞ」

「そんなことおっしゃったって、牧村さんだってそう思っているからわたしに話をされたのでしょう」

源太郎は口を尖らせた。

「本音を申せばその通りなのだが、御用に先入観を抱くことは許されない」

新之助は慎重な言い回しをした。

「調べましょうよ」

源太郎は大乗り気となった。新之助はうなずきながらも、

「おれはあいにく、明日草双紙屋《くさぞうしや》の手入れがあるんだ」

「そうでしたね」

芝神明宮《しばしんめいぐう》の門前に軒を連ねる草双紙屋の手入れをする。春画の摘発であるが、多分に見せしめの要素が強い。摘発したからといって撲滅《ぼくめつ》できはしないのだが、野放しにしておくと図に乗って風紀が乱れる。時折、お灸《きゅう》を据《す》えてやらねばならないのだ。

「わたしに任せてください」

「駄目だと言っても聞くようなおまえではないだろうがな、くれぐれも慎重に行え。下手をすれば、虎《とら》の尾を踏むことにもなりかねん。なにせ、薬種問屋組合は御公儀との繋がりも強いからな」

「そんなことで躊躇《ちゅうちょ》しませんせん、とは申しても、慎重にやってみます」

源太郎が答えたところで徳利と肴《さかな》が運ばれてきた。鯵《あじ》の刺身にみょうがが添えてある。それに、生姜味噌《しょうがみそ》だった。夏の宵《よい》にぴったりの涼しげな肴に二人の頬が綻んだ。

源太郎はほろ酔いとなって家に戻った。美津が出迎え、

「いい気分でいらっしゃいますね」

「悪いか」

つい反発してしまった。

「ほどほどになされませ」

美津に居間へと導かれた。

「わかっておるさ」

「でも、安心しました」

美津は言葉通り笑みをこぼした。

「何が安心したのだ」

「大きな手柄をお立てになられたのにお顔つきが暗かったですもの。まるで、しくじられたようでしたよ。旦那さまにしましたら、大勢の怪我人や亡くなった方が出たのですから、とても喜ぶことができないと思われたのでしょうが」

「それはそうだ」

と応じたところで、

「邪魔するぞ」

横柄な声が玄関から聞こえた。美津の顔がしかめられた。

「兄です。また、酔っぱらっているようですよ」

言いながらも笑みを浮かべて玄関へと向かった。ほどなくして矢作の大きな声が聞こえ、

「よお」

と入って来た。手に五合徳利を持っていた。

「兄上、ご機嫌ですね」

「これが機嫌がいい顔か」

矢作はどっかと座った。

「声が大きいですよ」

美津の注意など矢作が聞くわけもなく、

「声がでかいのは地声だ。いくらでもせり上がるぞ」

矢作は意地を張るようにわざと大声を発した。次いで、持参した五合徳利を畳に置

き、美津に何か適当に肴を用意するよう命じる。美津は頬を膨らませながら台所へと向かった。

「まったく、今日はとんだ恥をかいてしまった」

矢作は昼間に建十郎を訪ねたことを語った。

「舅殿にやりこめられてしまった。ま、当然のことだな」

矢作は頭を掻いた。

「それにしても、清十郎殺し、建十郎が陰で糸を引いていたとは出鱈目《でたらめ》な投書があったものですね。しかも、鈴屋からだとは」

源太郎は言った。

「そうだ」

矢作の目が据わった。

「鈴屋へ何故、予め確かめに行かなかったのですか」

「その点、舅殿にも指摘をされ、大いなる落ち度ではあったのだがな、実は予め確認はすませておった」

矢作はすまし顔で答えた。

「ええっ……」

「だから、鈴屋からの投書でないことは知っていた。建十郎にじかに話を訊きたくなったのだ。まずは、建十郎という男、どんな男か気になってな」

「なるほど、兄上も策士ですな」

「どうも気になってな。あの騒ぎだ」

「兄上もですか」

「するとおまえもか」

　矢作の目が凝らされた。

「わたしも何か裏があるような気がして仕方ありません」

　源太郎は縄暖簾で新之助と話したことを持ち出した。

「薬種問屋組合か……」

　矢作は顎《あご》を掻いた。

「兄上、それはわたしが探索を行いますので、割り込まないでくださいよ」

「わかってるさ。でもな、これは思いもかけない難敵なのかもしれんぞ」

　矢作はくれぐれも逸《はや》るなとこの男らしからぬ慎重さを示した。

「心してかかります」

　源太郎は真摯に決意をみなぎらせた。

二

一方、その頃、源之助は建十郎と共に五十嵐屋敷を訪問していた。建十郎は約束を守った。ただ、源之助が服装を改めるように言ったのだが、建十郎は受け入れず、仲蔵縞の単衣を着流している。髷《まげ》も町人風に結ったままだ。それが建十郎の意地なのだろう。まだ、五十嵐家に帰ると決めたわけではないことを態度で示しているのだ。

まずは仏間で清十郎の冥福《めいふく》を祈った。さすがにこの時ばかりは建十郎も神妙な面持ちである。源之助は部屋の隅で控えていた。

合掌《がっしょう》を終えてから、雪乃と芳江が入って来た。芳江は万感の想いの籠った眼差しを建十郎に注ぐ。建十郎は無言でいたが、やがて両手をつき、

「母上、お久しぶりでございます」

と、頭を下げた。

芳江は目を潤ませながらそれを見つめていたが、

「面を上げてください。顔を見せてください」

と、やさしげに言葉をかける。建十郎はゆっくりと顔を上げた。芳江は久しぶりに

再会する息子にどんな言葉をかけていいのやら思いつかないようだ。建十郎が、

「病と聞いておりましたが、お加減いかがでございますか」

「患《わずら》っておりましたが、あなたの顔を見たら身体に力が湧いてきましたよ」

芳江は微笑んだ。

雪乃が、

「兄上、母上はこの日をどんなにか待ち望んだことでしょう」

建十郎は目を伏せた。

「いいのですよ。あなたの顔を見れば、これまでのことなど忘れてしまいました」

「わたしは親不孝者です」

建十郎は顔を上げた。

「まこと兄上は親不孝者ですよ」

雪乃の批難に建十郎は言葉を返せない。やり取りは少ないが、ここには確かに親と子の語らいがあった。

「それで、建十郎殿。五十嵐家に戻ってくださるのですね」

芳江は期待の籠った目で建十郎を見た。建十郎は口を閉ざした。今、建十郎の胸には大きな葛藤が渦巻いているに違いない。そんな建十郎に芳江ばかりか雪乃も視線を

注ぐ。二人とも祈るような目であった。建十郎は小さくため息を漏らしてから、

「帰ってまいります」

芳江と雪乃は顔を見合わせ笑顔を溢れさせた。

「ありがとうございます」

芳江は深々と頭を下げた。

「わたしこそ、親不孝を尽くしてしまいました」

建十郎は背筋をぴんと伸ばし、膝に両手を置いて芳江の視線を受け止めた。

「もう、いいのですよ」

芳江は手放しの喜びようである。

そこへ、

「御免」

と、五十嵐が入って来た。建十郎の目に緊張が走る。五十嵐は建十郎を一瞥し、口をへの字に引き結んだ。

「殿、建十郎が帰って来てくれるそうです」

芳江が五十嵐に向き直った。

「これまでの身勝手な振る舞い、平《ひら》に御容赦ください」

建十郎は五十嵐に向かって両手をついた。

「よかろう」

五十嵐は憮然《ぶぜん》と答えると乱暴な所作で腰を下ろした。

「お祝いですね」

芳江が満面に笑みを広げる。

「わたしは、これにて失礼致します」

源之助は役目を果たし、これ以上の長居は無用だと思った。

「蔵間さまもご一緒にどうぞ」

雪乃が誘ってくれたが、遠慮しようとしたところで、

「祝は後日じゃ」

五十嵐はいたって不機嫌である。雪乃が反論をしかけたが芳江が制した。五十嵐は芳江と雪乃に出て行くよう命じた上で、源之助には残るよう求めた。芳江と雪乃がいなくなってから五十嵐は改めて源之助に向いた。

「そなたの働きに礼を申す。後日、きちんとした礼金を支払うつもりだ」

源之助は静かに頭を下げた。

「ところで、先日も話したが、両国での騒ぎ、よからぬ噂であったが、更に不穏なも

のとなっておる」

五十嵐は建十郎に視線を向けた。

「不穏と申されると、わたしが清十郎殿を殺させたということですか」

建十郎は言葉遣いまでも改めていた。

「そうじゃ」

「そのことで、町方が訪ねてまいりました」

「して、どうなった」

五十嵐の表情は険《けわ》しさを増した。

「どうもこうもありません。わたしが清十郎殿を殺させたことは間違いだと同心は認めて帰って行きました」

建十郎の答えを聞いても五十嵐の顔は強張《こわば》ったままだ。

「父上、何を心配なさっておられるのですか」

建十郎がいぶかしんだ。

「何か、あの騒ぎ、裏があるような気がするのだがな」

「裏……。考え過ぎでしょう」

「そうであればよいのだが。蔵間、そなたはいかに思う」

「勘繰《かんぐ》れば勘繰れぬことはございませんが……」

源之助は正直、判断に苦しむところだ。

「何か、当家を陥れるような企みが進んでいるような気がしてならぬ」

「取りこし苦労ではございませぬか」

「関係あるかどうかはわからぬが、大杉殿のことが気にかかる」

大杉とは御側御用取次大杉左兵衛佐、すなわち雪乃の縁談先である。

「大杉殿が縁談を先延べにされたのは清十郎の死により無理からぬことなのだが、それにしても、何処かよそよそしくなられてな。何か、あるようなのだ」

「気にしても仕方ございません」

建十郎が返すと五十嵐は反発しそうになり、せっかくの親子和解が水泡に帰してはまずいと、

「しばらく、両国に足を運んでみます」

源之助は申し出た。

「すまぬな」

五十嵐は小さく頭を下げる。それを見ただけで、危うさを感じていることがひしひしと伝わってきた。建十郎が、

「わたしも両国に戻ります。色々と始末すべきことがございますのでな」

「くれぐれも慎重な対処を致せ」

五十嵐は釘を刺した。

「では、これにて」

源之助は立ち上がった。


玄関を出て裏門に向かう。建十郎も追いついて来た。既に夜の帳《とばり》が降《お》り、さすがに暑さが和らいでいる。雲間に上弦《じょうげん》の月が顔を覗かせ、庭の木々にほの白い光を降り注いでいた。

「面倒をかけたな。そなたのお蔭で五十嵐家に帰ることになった」

建十郎の言葉遣いは一変し、町人の装いにもかかわらず、名門旗本の御曹司の雰囲気を醸《かも》し出している。

「わたしはお父上の使いに立っただけのことです。五十嵐家にお帰りになったことは、あなたさまがお決めになられたこと」

源之助もこれまでのような建十郎に対する態度を改めた。

「わたしとしたことが、下らぬ意地を張っておった。ここに来るまでは、帰る気にはなっておらなかった。清十郎殿のことは最早わだかまってはおらなかったが、帰る気までには至っておらなかった。それが、母の顔を見た途端、雪解けのような心地となった。これまでのわだかまりがすうっと消えていくのがわかった」

月明かりに浮かぶ建十郎の目は澄んでいた。

「ようございました」

ともかくも、無事五十嵐家に戻ってくれて源之助も影御用を達成できた。

「そなたのお蔭だ」

「再度申しますが、わたしは使いをしたに過ぎません」

建十郎の長い睫毛《まつげ》が夜風で微妙に揺れ、

「みなとも別れだ」

「両国のお仲間ですか」

「それが辛いな」

「お仲間とてもわかってくれるはず。お節とてもあなたさまが五十嵐家にお帰りになることを望んでおります。それに、庶民たちと交わったこと、あなたさまの将来にお役に立つことと存じます」

「そうありたいものだ」

月光を受け建十郎の目が輝いた。その目は清々《すがすが》しさを感じさせるものだ。

「皮肉なものだ。人の定めというものはわからん」

「だからこそ、この世は面白いのでございます」

「なるほど、その通りかもしれん。そなたは侍が嫌になったことはないのか」

「あります。ですが、わたしは物心ついてより、八丁堀同心になるものと思っておりました。見習いから始め、今日までひたすらに役目に邁進《まいしん》してきましたので、己を省《かえり》みるゆとりなどもございませんでしたな」

「わたしは甘いのかもしれぬな」

建十郎は自嘲気味な笑みを漏らした。それから気を取り直したようにしゃきっとして、

「これからは清十郎殿の分まで生きてゆかねばならん」

「その意気でございます」

源之助は言った。

「うむ、まこと、生まれ変わったような気分だ」

建十郎は大きく伸びをした。

「さわやかにございますな」

夕風が心地よく頬を撫でてくれた。久しぶりに感じた夏の夕暮れの涼しさである。

三

明くる九日の昼四つ（午前十時）、源太郎は本町にある薬種問屋宝珠屋へとやって来た。往来の両側には薬種問屋が軒を連ね、漢方薬の香りが鼻をつく。立っているだけで患《わずら》ったような気分だ。宝珠屋は屋根看板に元禄《げんろく》元年創業とある通り、本町にあっても老舗《しにせ》であった。主人の喪中《もちゆう》で休みかと思っていたが、店は開いていた。暖簾を潜り、手代に女房のお鶴《つる》を呼んでもらう。

すぐに、店の奥にある客用の座敷に通され、お鶴がやって来た。お鶴は浅黒い顔の小柄な女だった。

「このたびは、お悔やみ申す」

源太郎はまず挨拶をした。お鶴はそれを受け止め礼を返した。

「店は今日もやっておるのだな」

「はい、主人もその方を望むことだろうと思いまして」

お鶴は探るような目を向けてきた。

「本日まいったのは、五郎兵衛が亡くなりし時、そなたが気になることを申したようなのでな。その、どうして五郎兵衛が両国に行ったのかと疑問に思っておったとか」

「そうなのです」

お鶴は待っていましたとばかりに捲《まく》し立て始めた。

「主人は両国へなど行く用事はなかったのです。主人は出かける際には必ず何処へ行くと言い置いてから出かけました。あの日の行き先は番町《ばんちょう》でした」

「番町とはなるほど両国とは正反対だな。番町の何処へ行くと言っておったのだ」

「御直参の五十嵐さまの御屋敷だということでした。主人は五十嵐さまとは懇意《こんい》にしていただいております」

すると、五郎兵衛は清十郎と会おうとしていたのではないか。その清十郎が両国へ行くことになり、それで自分も両国へと向かった。

「五十嵐家の清十郎さまと会う手はずではなかったのか」

「そこまでは存じませんが、清十郎さまはひときわ懇意にしてくださっておりました。その清十郎さままでがあんなことになって」

お鶴は声を詰まらせた。

五郎兵衛と清十郎の二人が死んだ。やはり、これは偶然ではない。大勢の人間が万蔵の犠牲にはなったが、怪我こそ負いはしたものの死に至ったのはその二人だけである。

「ところで、五郎兵衛は薬種問屋組合の肝煎《きもい》りを務めておったのだな」

「女房のわたしが申すのは手前味噌でございますが、主人は大変に面倒見がよくてその上、誰からも信頼を寄せられておりました」

「組合で御公儀に何かしら訴えをしようとしておったとか」

「そのようでしたね」

お鶴は小首を傾げた。

「一体どんなことを」

「ちょっと待ってください。確か、主人が書き残した嘆願書があるはずですから」

お鶴は客間を出て店へと向かった。

やはり万蔵の騒ぎの裏には大きな秘密が隠されていそうである。調べ直してみる値打ちは十分にありそうだ。源太郎の胸ははち切れんばかりに膨らんでいた。そこへ、お鶴が戻って来た。

「すみません、お待たせしまして。おかしいのですが、嘆願書がなくなっているのです」

お鶴はいぶかしげである。

「よく、探したらどうだ」

源太郎はつい苛立ってしまった。逸《はや》るなと自分に言い聞かせる。

「探したんですけどね」

「もう一度たのむ」

源太郎は今度はやんわりと頼んだ。

「わかりました」

お鶴はもう一度出て行った。それから番頭相手に嘆願書は何処へ行ったのだというやり取りが繰り返された。それからしばらくすったもんだやっていたが、

「どうやら、主人が持って出かけたようです」

「両国へか」

「そのようです。ですが、亡骸を検《あらた》めたのですが、財布はありましたが嘆願書はございませんでした」

「盗まれたのであろうか」

「盗人《ぬすっと》ならそんなものより、財布を奪うと思うのですが」

お鶴の言う通りである。

「するとどういうことか」

「清十郎さまにお渡しになったのでは」

その可能性は高い。両国で清十郎と会い、嘆願書を渡した。つまり、嘆願には清十郎も関わっているということだ。

「あの、主人と親しくしていた枡屋さんが嘆願のことをご存知かもしれません」

これは希望が持てた。

「お役人さま、主人はやくざ者の刃傷沙汰《にんじょうざた》の騒ぎの巻き添えを食ったのでしょうか。それとも意図して殺されたのでしょうか」

「わからん。それをじっくりと調べてみる」

源太郎は腰を上げた。


枡屋は宝珠屋の向かいだった。宝珠屋と違い、主人甚兵衛《じんべえ》で二代目という本町にあっては新興の店である。早速主人の甚兵衛を呼び出した。甚兵衛は源太郎を見るなり、

「では、冷たいものでも食べに行きましょうか」

と、近所の茶店へと誘ってきた。甚兵衛はでっぷりとした男で、「暑い」を連発し、手拭が汗でじっとりと濡れていた。茶店に入るなり冷たい麦湯と心太《ところてん》を頼んだ。

「いやあ、五郎兵衛さん、お気の毒なことをしましたな」

甚兵衛は盛ん首を横に振った。

「まったくだ。わたしはその場に居合わせた」

「ほう」

甚兵衛はまじまじと源太郎を見た。源太郎が話を切り出そうとしたところで、心太と冷たい麦湯が運ばれて来た。甚兵衛はそれに夢中になった。源太郎も付き合って食べる。食べ終わったところで、

「ところで、五郎兵衛は御公儀に対して嘆願書を出そうとしておったとか」

「はい」

甚兵衛の声がしぼんでゆく。

「どのような中身であったのだ」

「さてそれは」

甚兵衛は苦しげに顔を歪ませた。

「申せぬのか」

「軽々しくは申せません」

甚兵衛は口を閉ざした。

「決して他言はせぬ」

「宝珠屋さんでお聞きになられたらいかがですか。嘆願書は宝珠屋さんにあるはずです」

「ところが嘆願書、なくなっておったのだ」

「おや、なくなって……」

甚兵衛は怯《おび》えたような表情を浮かべた。

「ひょっとしたら、五郎兵衛の手から五十嵐清十郎さまに渡ったのかもしれぬ。で、その嘆願書、どのようなことが記されてあったのだ」

「わたしの口からは申せません」

それほどに危険な内容の嘆願書であるということなのだろう。

「五郎兵衛の死、ひょっとしてその嘆願書に関わっているのかもしれん。わたしはそう睨んでおる。なあ、決して他言はせぬ。教えてくれ」

「しかし……」

甚兵衛は躊躇《ためら》うこと甚《はなは》だしい。

「どうあってもか」

「ちょっと考えさせてください」

甚兵衛は懇願口調となった。

「ちょっとは、いつまでのことだ」

「それは」

甚兵衛は唇を蒼《あお》ざめさせた。

「なあ、頼む。このままでは五郎兵衛は犬死にだ。五郎兵衛の死を無駄にしたくはなかろう」

「でも、迂闊には申せぬことです。わたしと五郎兵衛さんだけのことではございません。ですから、他に迷惑がかかりそうな方々とも相談の上ということになります」

甚兵衛は苦衷《くちゅう》を察してくれと言った。

「それは理解できなくもないが」

「お願いでございます」

甚兵衛は両手を合わせた。これ以上責めたりしてもこの場では語ることはあるまい。甚兵衛は明日、もう一度来て欲しいと言った。それはまさしく狩人《かりゅうど》に追い詰められた獲物のようであった。

「わかった」

源太郎はそれを受け入れた。甚兵衛の表情は益々硬くなった。

源太郎はそこに闇を見た。

四

新之助は草双紙屋の摘発を終え、夕暮れ近く東両国の回向院門前にある女郎屋鈴屋へとやって来た。どうにも気になって仕方がない。店の前でたむろしている男衆をひと睨みする。

「へへ、旦那、手入れですか。勘弁してくだせえよ」

男衆の一人常吉《つねきち》という男がにやにや笑いを浮かべながら手を揉みあわせた。

「手入れではない。今日は先般に起きた万蔵の一件について聞きたいことがあるのだ」

「へ、へい」

常吉は上目使いとなった。

その媚《こ》びるような態度には気分が悪くなったが、それよりも今は投書のことだ。

「先般、南町へ投書をしただろう」

「そのことなら、南町の旦那にも訊かれたんですがね、どうしてそんな根も葉もねえ噂が出てきたんでしょうね」

　常吉はさっぱりわからないと繰り返した。

「建十郎はこの店に来たことはあるのか」

「そら、建さんのことはあっしらだって知ってはいますよ。でもね、客としては一度もいらしたことはねえですよ」

「お夕との繋がりもないのだな」

「へえ、まず、ありませんよ。ですから、南町の旦那が来て建十郎さんとお夕の関わりをお訊きになった時にはすっかり戸惑ってしまいました」

　常吉は首をすくめてみせた。

「ならば、どうして、あのような投書があったのだろう」

「ですから、それを知りたいのはこっちですって」

　常吉は力《りき》んだ。

　その言葉に嘘はないようだ。

「旦那、これ以上妙な勘繰りはやめてくださいよ」

　と、言ったところで常吉の目が大きく見開かれた。

「これは、建十郎さん」

常吉はぺこりと頭を下げた。新之助はこれが噂の建十郎かと見返す。

「よう」

建十郎は気さくに声をかける。

「建十郎さん、五十嵐さまの御家にお戻りになるって」

「そうすることになった」

「そうですかい。そりゃ、寂しくなりますね」

常吉の言葉は満更嘘でもないようだ。

「おまえたちにも世話になったな」

建十郎は酒でも飲んでくれといくばくかの金を渡した。常吉は押し戴くようにして受け取る。新之助は建十郎に興味を抱き、常吉と別れるとそっと後をつけた。建十郎は両国橋を渡り、両国西広小路を、あちらこちらから挨拶を受けながら機嫌よく歩いている。その様子はいかにも慕われているようだ。

すると一人の娘が前に立った。

「お節」

建十郎は呼びかけてから言葉を失った。お節は暫《しばら》く立ち尽くしていたが、

「やっぱり、戻るんだ」

と、悲しげな顔をした。

「すまねえな」

「謝ることないわ。わたしだって、帰って欲しいって思っていたし、勧めていたじゃない」

お節は気丈にも涙は見せなかった。それがかえって、お節の寂しさ、辛さを伝えている。

「これ、せめてもの気持ちだ」

建十郎は朱の珠簪《たまかんざし》を差し出した。それをお節は受け取りうっとりとした瞳で見つめる。

「きれい」

お節がため息を漏らしたところで建十郎はそれをそっと自らの手でお節の髪に挿《さ》した。

「似合うぜ」

建十郎は言った。お節ははにかんだように俯いていたが、建十郎の胸に顔を埋めた。

やがて嗚咽《おえつ》が漏れてきた。建十郎はお節が泣くに任せていた。

それは錦絵《にしきえ》にでもなりそうな光景であった。

あくる十日、源太郎と京次は両国橋の川岸に打ち上げられた亡骸を検分した。

「枡屋甚兵衛だ」

源太郎は衝撃を受けた。

「ご存じなんですか」

京次が訊いた。

源太郎は昨日の経緯を語った。

「するってえと、甚兵衛が殺されたわけは宝珠屋五郎兵衛が御公儀に提出しようとした嘆願書ということですか」

「そう思って間違いない」

しかし、亡骸は溺死《できし》、すなわち両国橋から足を滑らせて落下したということだった。

一見して事故である。

「まさしく、それこそが謎めいている」

源太郎はこれで、五郎兵衛の死も清十郎の死も闇へと葬《ほうむ》られるということを確信した。

「万蔵の処刑は明後日《あさって》だったな」

「そうですよ。今、小伝馬町《こでんまちょう》の牢屋敷ですよ」

「訪ねる」

「でも、どうせ、奴は何も話なんかしませんぜ」

京次は否定的だ。

「それでもいいさ」

源太郎はとことんこだわってやろうと思った。


源太郎と京次は小伝馬町にある牢屋敷へとやって来た。

小伝馬町の牢屋敷は表間口五十二間二尺五寸、奥行五十間、坪数二千六百七十七坪で、概《おおむ》ね一町四方の四角な造りとなっている。表門は西南に面した一辺の真ん中に設けられ鉄砲町《てっぽうちょう》の通りに向かっていて、裏門はその反対小伝馬町二丁目の横町に向かっていた。

牢屋敷は町家の中に建っている。といっても、周囲には忍び返しが設けられた高さ七尺八寸の練塀《ねりべい》が巡らされ、その外側はさらに堀で囲まれており、町屋の中にあるだけにその異様さは際立っていた。

二人は表門を潜った。すぐ左手は塀が裏門まで連なっている。塀を隔てて右側には牢屋奉行石出帯刀《いしでたてわき》や牢屋同心たちの役宅と事務所があり、左側が監房である。当番所に顔を出し、牢屋同心に万蔵との面談を依頼する。待つこともなく、当番所に万蔵がやって来た。

「なんでえ、もう、話すことなんかありはしねえよ」

万蔵はぷいと横を向く。

「おまえ、本町の宝珠屋五郎兵衛を殺したな」

いきなり源太郎は尋ねた。

「ええっ」

万蔵はきょとんとした。

「おまえが殺した男だ」

「ああ、あれ、宝珠屋の五郎兵衛というのかい」

いかにも無責任な言葉だが、万蔵が無差別に人を殺傷したことを想えば、この反応は当然のようにも思える。

「おまえがあれだけの騒ぎを起こし、大勢の怪我人が出たものの、死んだのは五郎兵衛だけだ。どういうことだろうな」

「知らねえよ」

万蔵は開き直っている。京次がすかさず、

「てめえ、ふざけるのも大概にしろ」

と、襟首を摑んで頭突きを食らわせた。万蔵は土間に転がった。

「どうせ、打ち首になるんだ。どうにでもしな」

万蔵は挑戦的な物言いである。

「だから、よく訊きたい。おまえ、なんで五郎兵衛だけ殺したんだ」

「だから、弾《はず》みってもんだ」

万蔵は匕首をぶんぶん振り回しているうちに五郎兵衛を殺してしまったのだろうと繰り返した。

「くどいようだが、五郎兵衛を狙ったわけではないのだな」

「そうだよ」

万蔵は投げやりな態度ながらもきっぱりと答えた。源太郎は五郎兵衛の検死結果を思い出した。

「五郎兵衛だけ、刺しているじゃないか」

「そうだったかな」

万蔵は浮かない顔だ。

「そうだ。心の臓をな」

源太郎は言った。

「そうかい。おかしいな。おら、匕首を振り回しはした。でもな、こんなことを言っても信じちゃくれないかもしれねえが、おれは刃物を振り回して騒ぎを起こし、みんなが逃げ回るのを見て楽しんでいたんだ。殺すまでは考えていなかった」

万蔵は言った。

「その言葉、偽りはなかろうな」

源太郎は強い口調で問いかける。

「ねえよ」

万蔵の目はこれまでにない真剣さをたたえていた。

「おれは、殺すつもりはなかった。だけど、結果として殺してしまったってことなんだから、そのことは認めるしかねえよ。それに、権吉の野郎も手にかけたんだからな。死罪にでもなんでもしてくれってんだ」

「よくわかった」

源太郎は腰を上げた。

「おかしいですね。あいつの言葉、信じますか」

京次は首を捻っている。

「信じていいと思う」

「すると、どういうことになるんですか。まさか、宝珠屋五郎兵衛は万蔵に殺されたんじゃないということですかね」

京次は困惑している。

「そうかもしれん。いや、間違いない。五郎兵衛は万蔵に殺されたんじゃない」

「ということは、下手人は五郎兵衛殺しは万蔵の騒ぎに便乗《びんじょう》したということですかね」

「そうだ」

「すると、下手人は五郎兵衛を付け狙っておったということになりますね」

「嘆願書がその絵解きの鍵となることは間違いないだろうな」

「やはり、そういうことですか」

京次はふんふんとうなずいた。

「これは、思いもかけない深い闇に足を踏み入れてしまったのかもしれんな」

「源太郎さん、探索をやり直しますか」

「仕切り直しだな」

「万蔵の奴も死罪を免れることはできないですが、やってもいない殺しまで罪行《ざいぎょう》に数えられたんでは、地獄で閻魔《えんま》さまからのお仕置きがきつくなりますよ」

京次は冗談とも本気ともつかない物言いをした。

「そうだ。ろくでもない奴だが、やってもいない殺しまで押し付けられていいものではない」

「お夕はどうなんでしょうね。お夕は、清十郎さまを殺すつもりはなかったということですが」

お夕による清十郎殺し、これも何か裏があるのだろうか。

五

源太郎と京次は女牢に入れられているお夕を呼んでもらった。

お夕は俯き加減に入って来た。

「お夕、もう一度、話を聞かせてくれ」

源太郎が言うとお夕は力なくうなずいた。

「清十郎さまを殺した時の様子だ」

それだけでお夕は怯えきってしまった。

「思い出したくはないだろうが、よいか」

源太郎はお夕の証言をここで引き合いに出した。

「おまえは無我夢中で走った。すると、目の前に清十郎さまと女の人がいた。この女は建十郎と親しいお節だったのだが、おまえはお節とぶつかってしまった。驚いたお節はなぜか懐剣を持っていてそれを取り出した。おまえは必死でそれを奪い取り、気が付いたら清十郎さまを刺してしまった」

源太郎はそうだなというようにお夕を見た。

「相違ございません」

「念のために尋ねるが、おまえは清十郎さまを殺そうと思ったのではないのだな」

「そ、そんな……。殺すつもりなんて毛頭《もうとう》ございませんでした」

お夕は怯えた。

「あたいは、あのお侍さまのことなんか知らなかった。夢中で……。ただ逃げ出したくて、懐剣を振り回しただけなんです」

「しかと相違ないな」

「こんなことで嘘なんかつきません」

お夕は強く主張した。

「しかし、お節から懐剣を奪い取ったのだろう」

「だから無我夢中でした」

「それにしても、よくも奪えたものだな」

源太郎が疑問を投げかけた。

「だって、夢中で」

お夕は言ってから、ふとここで言葉を止めた。

「どうした」

京次が柔らかな笑顔を投げかける。

「必死は必死でしたけど、それでも今思えば、案外と簡単に懐剣が手に入ったようなな」

お夕は視線を揺らした。

「まさか、お節はおまえに懐剣を渡したと」

源太郎は聞いた。

「わかりません……」

お夕は戸惑っている。

「そんなことも考えられるであろう」

「そうかもしれません」

お夕は小さくうなずいた。

「よく思い出してくれた」

「でも、はっきりとはしません。はっきりと自信をもって申せませんが」

お夕は戸惑っている。

京次が、

「ここは肝心なところだ。いいか、もし、お節が懐剣をおまえに手渡したとすると、おまえの罪はまったく違ったものになってくるんだぜ」

京次は嚙んで含めるような物言いをした。

「というとどういうことになるのでしょう」

「死罪は免れるかもしれん」

京次が言った。

「まことでございますか」

お夕は声を弾ませたが、同時に困惑もしている。

「でも、そうはっきりとはわかりませんし、お役人さま、どうか、わたしのことをお見捨てにならないでください」

お夕は死罪を免れることができるかもしれないという希望が湧いてきて、それだけに生に対する執着が起きたのかもしれない。そのことが、かえってお夕を苦しめることになりはしないかという思いもしたが、それよりは、お夕の無実を晴らしてやることが肝要だ。

「お夕、任せておけ」

源太郎は力強く言う。

「お願いします」

お夕は深々と頭を下げた。

第五章　決死の弾劾《だんがい》

一

明くる十一日の朝、源之助は居眠り番にいて源太郎と新之助の訪問を受けた。間が悪いことに、文机に向かってうつらうつらとしていた。どうも、今年の夏は疲れる。身体がだるくて仕方がない。暑気中《あた》りのようだが、つくづく齢を取ったものだと痛感する。夏風邪《なつかぜ》をひいたのか咳も出る。

「失礼します」

新之助が入って来た。後ろに源太郎も控えている。源之助の前に座るなり新之助が言った。

「蔵間殿、お顔の色が悪いですよ。お疲れなのではございませんか」

新之助の気遣いはありがたい反面、年寄扱いをされているような気にもなってしまうのは二人の若さに対する嫉妬《しっと》なのだろうか。

「今年の夏は一層厳しいからな」

なんだか言い訳をしているようで我ながら情けない。源太郎の目が気にかかり、目を合わせないようにした。新之助が気まずい空気が流れたのを払い退《の》けるようにして口を開いた。

「源太郎が今、万蔵の騒動について調べ直しておるのです」

源之助は源太郎に視線を注いだ。新之助に促され源太郎は身を乗り出した。

「色々と不審な点が目につきましたので、調べ直してみました」

源太郎はこれまでの探索を報告した。

「万蔵は匕首を振り回し大勢の人間に怪我を負わせましたが、死んだのは宝珠屋五郎兵衛のみ。心の臓を一突きにされておりまして、さながら、五郎兵衛に狙いを定めたようにさえ感じられます」

「なるほど……」

源之助は騒動の様子を思い出しながらうなずく。

「そして、清十郎さまが殺されたことにつきましても不審な点がございます」

続いて源太郎は清十郎殺害についての疑問を口に出した。

「どちらも、その場に居合わせたのは一人の女……」

「お節だな」

源之助が答えた。

我が意を得たとばかりに源太郎は大きくうなずく。

「お節、一体何者なのでしょう」

新之助に問いかけられて、源之助もお節への疑念が募《つの》った。てっきり、建十郎を恋い慕う町娘だとばかり思っていた。ところが裏の顔があるのだとしたら……。源之助が言葉に詰まったところで源太郎が続けた。

「今回の事件、薬種問屋組合が行おうとしていた嘆願が原因していると思います。両国で殺された五郎兵衛は組合の肝煎りとして御公儀に嘆願書を出すつもりだったとか。その嘆願書につき、同じ薬種問屋の枡屋甚兵衛に尋ねましたところ、甚兵衛は口を閉ざして語ろうとしませんでした。わたしはなんとか聞き出そうと努《つと》めました。その矢先です。甚兵衛も命を落としたのです。大川に足を滑らせての事故死ということですが、あまりにも信じがたいものです」

源太郎の話を受け、新之助が乗り出し、

「これはもう、薬種問屋組合の嘆願に関わると見て間違いないと存じます」

「わたしもそう思う」

源之助も確信した。

「このまま引っ込むつもりはございません。嘆願書、おそらくは御公儀で大きな力を持った方が絡んでいると推量されますが、わたしはめげずに探索を続けます」

源太郎は断固とした決意を示した。新之助の目にも炎が燃え盛っていた。

「とことんやれ」

源之助は二人を励ましてからふと寂しさを抱いた。自分は単に建十郎の連れ戻しを名門旗本の放蕩息子の一件に過ぎないと思っていた。ところが、その背景にはこんなにも大きな陰謀が隠されていたとは。自分が見過ごしていたことを源太郎が掘り起こした。勝ち負けの話ではないが、息子の成長がうれしくもあり反面悔しくもある。悔しさを感じるのは自分の狭量さなのだろうか。それとも、二人の若さに対する嫉妬を抱いているからなのか。

悔しさを覚えなくなったら隠居する時だと考えるべきだ。この悔しさこそが活力だ。

「それで、父上、恐縮ですが、建十郎さまに探りを入れていただきたいのです」

源太郎は両手を膝に置き頭を下げた。

「それはかまわぬが……」

源之助は言葉を止めた。

「いかがされましたか」

源太郎が首を捻る。

「おまえ、わたしのことを気遣っているのか」

源之助はついつい苦笑を漏らしてしまった。

「どういうことですか」

「わたしにもなんらかの役目を担わせることでわたしの顔を立てようと思っておるのではないか」

息子を生意気な奴めと思ったが、気遣いがうれしくもあった。

「いえ、そんなことは」

源太郎は慌ててかぶりを振る。すかさず新之助が、

「まあ、その辺のことは置いておくとしまして、蔵間殿とてこのままでは気が収まらないのではございませんか。それに、直参旗本を我ら町方の同心が取り調べることは許されません。ここは、蔵間殿と建十郎さまの個人的な付き合いに頼る他ないという我らの算段もあるのです」

新之助は源太郎を見た。源太郎もその通りだと言わんばかりに両目を大きく見開いた。

「よかろう。やってみる」

引き受けることに抵抗はない。今回の一件の行く末と真相を見極めたいという気持ちが猛然と湧いてきた。

「ああ、よかった」

源太郎は笑みをこぼした。

「良かったと言うのは早いぞ。一件を落着に導いてこそそのことだと思え」

源之助は厳しい言葉を投げかけた。源太郎と新之助は神妙な顔でうなずいた。

昼下がりとなり、源之助は蟬時雨が降り注ぐ中、番町の五十嵐邸へとやって来た。裏門から訪いを入れる。すると、建十郎は不在だった。代わりに雪乃が応対をしてくれた。御殿の使者の間に通されて、

「どうぞ、どうぞ」

雪乃は下へも置かぬもてなしようだった。五十嵐家は清十郎の死という悲劇を建十郎の帰参によって大いに盛り返していた。

「本当に、なんとお礼を申していいのやら」

雪乃は何度も礼を述べ立てた。

「その辺でご勘弁ください。今日、建十郎さまはお出かけでございますか」

「あちらこちらへと挨拶に出向いております」

雪乃は答えながらも目がちらっと泳いだ。源之助はさりげない調子で切り出した。

「ところで、清十郎さまと宝珠屋五郎兵衛ですが、つくづく不運でした」

「宝珠屋さんにはまことお気の毒なことになってしまいました」

雪乃は目を伏せた。

「そのことでございます。清十郎さまは宝珠屋五郎兵衛と一体何を企てようとなさっておられたのですか」

「企て……」

雪乃は動揺を示したが、悟られまいと思ったのか笑みを浮かべた。

「清十郎兄さまは宝珠屋さんとは懇意にしておりました。それは、長崎遊学を行う上でのお付き合いなのです。その他特別に企てなどということはありませんでした」

今度は心持ち強い口調となっている。そのことが言葉とは裏腹に清十郎と宝珠屋五郎兵衛の間で長崎遊学以外に何かがあったことを物語っていた。

「そうでしょうか」

源之助はいぶかしんだ。

「蔵間さまには、何をお疑いなのですか」

「清十郎さまと五郎兵衛の二人が命を落としたこと偶然とは思えませぬ」

「どのような根拠がおありなのですか」

「そこには大きな秘密が隠されているのではありませぬか。宝珠屋は御公儀に嘆願書を出そうとしておったとか。そのことに清十郎さまも関わっておられたのでは……。こちらに出入りしておる履物問屋杵屋の主善右衛門から聞いたのですが、清十郎さまは義に厚いお方であったとか。義が通らぬことは糺《ただ》すべきともお考えであったそうですな。清十郎さまにとりまして宝珠屋五郎兵衛が行おうとしていた嘆願は義を貫くこととお考えになったのではございませぬか」

「そのようなことはございません」

雪乃の口調は緊張をはらんでいた。そのことが、清十郎が五郎兵衛の嘆願に加担していたことを裏付けるものに源之助には思える。

「それでは、何故、殺されたのですか」

「あれは、やくざ者が暴れた騒ぎでその煽《あお》りを受けての不幸な出来事であったのではないのですか」

「いいえ、そうではありません。意図的に二人は殺されたのです」

「信じられませぬ」

雪乃は驚いたように両の目を大きく見開いたが、それはいかにも芝居めいていた。

「雪乃さま、腹を割ってはくださいませんか」

源之助が詰め寄ると雪乃はじりじりと視線を凝らした。そこには苦悩の色が滲《にじ》んでいた。源之助は責めているようで申し訳なく感じてしまうが、ここは引き下がれない。

「お話しください。ひょっとして、建十郎さまもそのことと深くかかわっておられるのではございませぬか」

雪乃は口を閉ざしている。

「建十郎さま、今日はどちらへお出かけになられたのですか」

「先ほど挨拶廻りと申したはずですが」

雪乃の口調は冷ややかだ。

「まことは両国ではないのですか。更に申せば、お節に会いに行った」

「そんな……」

雪乃は目を逸らした。

「危ない」

源之助が言葉を投げると雪乃の目が不安に揺れる。

二

「実は、宝珠屋五郎兵衛と清十郎さまを殺めたのはお節という女。その女、建十郎さまと懇意にしております。清十郎さまが建十郎さまをお訪ねになった際、言葉を交わした女でございます。雪乃さまが亡くなられた現場にもおりました」

「なんと……」

雪乃の顔に不安の影が差した。

「お話しください」

源之助は駄目押しをするように静かに告げた。

雪乃は背筋をぴんと伸ばして語り始めた。

「清十郎兄さまは大杉左兵衛佐さまと薬種問屋の一部が加担しております御禁制の抜け荷を正そうとしておられたのです」

雪乃は言った。

清十郎は御側御用取次大杉左兵衛佐と一部薬種問屋が行う抜け荷を暴く書面を手にしていたという。

「御側御用取次大杉さまとは、雪乃さまの……」

「御子息との縁談が進んでおりました」

清十郎は雪乃の縁談が進んでいるため、一時は身を引こうとしたが、それでも義を貫こうと思い直し、大杉を弾劾しようと決意した。ついては、五十嵐家に迷惑をかけまいと家を出ようとしたのだった。

「学者になるというのは嘘だったのですか」

「いいえ、学者になるというのは清十郎兄さまの夢であり、事実です。ですが、その前に薬種問屋と大杉さまの不正を暴こうとしていたのでございます」

「雪乃さまはそのことを許容されたのですか」

「わたしは元々、大杉さまとの縁談は嫌でした。ですから、清十郎兄さまの行いをそれは良しと思っていたのです」

いかにも雪乃らしい筋の通し方だ。

「建十郎さまはそのことをご存じなのですか」

「いずれ話すつもりでした。建十郎兄さまもきっとわかってくださると思います」

「建十郎さまの身が心配になってきました。わたしはこれから両国へ行ってまいります」

「では、わたくしも」

雪乃は腰を浮かせた。その姿はいかにも居ても立ってもいられないといった様子である。

「なりませぬ。ここはわたしにお任せください」

「蔵間さまばかりにご負担をおかけするのは心苦しゅうございます」

「一旦、首を突っ込んだからにはこのまま引く気はござらん」

源之助は強く言い置いて屋敷を後にした。


半時後、源之助は暑さでだれそうになる身体に鞭《むち》を打って両国へとやって来た。鰻屋の二階へと上がってゆく。

足音を殺して上がると、建十郎はお節に膝枕をされていた。今日は小袖に仙台平《せんだいひら》の袴といった武家の装いである。脇には大刀があった。源之助はそっと足音を忍ばせた。お節は朱の珠簪を手にしている。そして、やおら、簪で建十郎の首筋目がけて振り下ろした。

と、源之助は十手を投げつける。

十手はお節の手に当たった。簪が畳にこぼれる。建十郎が起き上がった。一体、何事が起きたのかと戸惑いと驚きの目を向けてきた。お節は手を抑えながら源之助を睨みつけた。

「どうしたんだ」

建十郎は源之助に問いかけた。

「建十郎さま、危うくこの女に殺されるところだったのですぞ」

建十郎はお節を睨んだ。お節は横を向いている。その態度を見て建十郎は源之助の言葉を信じたようだ。

「何故わたしを殺そうとした」

「…………」

「どうしてだと訊いているんだ」

建十郎は声を大きくした。

「あんた、案外と初心《うぶ》だね」

お節は笑うや部屋を横切ると窓を飛び越え、あっと言う間に立ち去った。建十郎はそれを呆然と見送った。源之助が部屋の中に入ると建十郎はすっかり当惑している。

建十郎は力なく肩を落とした。

「あの女、この前のやくざ者万蔵の刃傷騒ぎの際、それに取り紛《まぎ》れて宝珠屋五郎兵衛を殺したのです。宝珠屋五郎兵衛ばかりではありません。清十郎さまもです」

「なんだと」

建十郎は口をあんぐりとさせた。

「嘘でも偽りでもございません。清十郎さまは、御側御用取次大杉左兵衛佐さまと薬種問屋の不正を暴こうとなさっておられました」

「兄が……」

建十郎は視線を揺らした。

「お節は大杉さまの間者《かんじゃ》でしょう。大杉さまが御側御用取次であることからすると公《こう》儀《ぎ》御《お》庭番《にわばん》かもしれません」

公儀御庭番は、八代将軍徳川吉宗《よしむね》によって創設された将軍直属の情報機関だ。吉宗は、将軍となるに当たり、紀州《きしゅう》藩《はん》から二百余名の家臣団をつれ江戸城に入った。その家臣団のうち、「薬込役」と呼ばれた十七名が御庭番となる。「薬込役」とは元来は、紀州藩主の鉄砲に弾丸を詰める役であったが、藩主が外出する際には、その身辺を警護するようになった。これが発展し、吉宗の代には、諸国を探索する役目を担うまでになっていた。

以来、将軍直属の命《めい》の元に情報収集活動を行っているが、時代を経るにつれ、将軍自らというより、御側御用取次が将軍に代わって命令を下すようになった。大杉ならば御庭番を自在に操《あやつ》ることができる。

おそらくは、清十郎と宝珠屋五郎兵衛の動きを察知し、お節を建十郎に近づかせ、建十郎を利用して清十郎と五郎兵衛をおびき寄せ始末させたのだろう。

「おのれ、よくも欺《あざむ》きおって」

建十郎は悔しげに唇を嚙み、畳を拳で何度も叩いた。それからかっと顔を上げ、

「おれはなんと未熟であったことか」

腹から絞り出すように言う。

「清十郎殿のことを、青白い奴と何処か蔑んでいたが、こんな骨太のことを考えていたとは。おれはまったくなっていない」

建十郎は嘆くことしきりとなった。それから口の中でぶつくさ言っていたが、

「よし、おれがやってやる」

と、決意をみなぎらせた。

「清十郎さまの遺志を受け継ぐということですか」

「そうだ」

「お父上は承知されますまい」

「父のことはいい。どうせ、父に背を向けて生きてきたおれだ。今更、父の言うことなどきく気もしない」

「では、これからどうされますか」

「大杉殿の屋敷に乗り込む」

建十郎らしい単純さだ。

「そんなことをしてどうなるものでしょう」

源之助は反対したものの、源之助にも妙案があるわけではない。

「まずは、敵陣に乗り込んでやる」

「しかし、いきなりというのは……」

いくらなんでも、将軍の側近たる御側御用取次を予告もなく訪問するということには源之助とても躊躇《ためら》いが先に立ってしまう。

「かまわん、おれは五十嵐家に帰ったのだ。堂々と挨拶に行くさ」

建十郎は源之助に反対され、より一層の勇気を募らせた。源之助の躊躇いも払拭《ふっしょく》された。

「わかりました。わたしもお供致します」

「八丁堀同心が供では不審がられるではないか」

「若党にでもなります」

「なるほど」

建十郎も納得をした。


一時《いっとき》後の昼八つ（午後二時）、炎天下をものともせず、源之助と建十郎は番町にある大杉左兵衛佐の屋敷を訪れた。

御側御用取次を務めるだけあって、番町の屋敷街でもひときわ豪壮な屋敷である。表門の潜り戸から中に入ると、広い庭があった。池の周囲を石灯籠《いしどうろう》や四季折々の花が植えられた回遊式《かいゆうしき》の庭園である。庭を進むと、花の香りに檜《ひのき》の匂いが混じってきた。池の向こうには檜造りの御殿が建っている。幸い、大杉は非番で在宅しており、玄関には入らず、御殿の裏手に行くよう奉公人から言われた。

大杉は庭に面した居間の縁側で涼んでいた。浴衣《ゆかた》に着替え団扇《うちわ》を使う姿はいかにも好々爺然《こうこうやぜん》としている。建十郎は縁側に正座をする。源之助は庭先で片膝をついた。

「こんな恰好で許せよ」

大杉は気さくに言う。

「構いませぬ」

「何せ、上さまのお側近くにお仕えしておるのでな、屋敷に帰るとつい気楽な格好をしたくなる。言い訳が過ぎるかな」

大杉は頭を掻いた。その捌《さば》けた仕草はとてものこと悪党とは正反対の好印象を与えた。

「本日は、五十嵐家に戻りましてのご挨拶でございます」

建十郎は言う。

「そうか。それは祝着《しゆうちやく》であるが、清十郎殿は気の毒なことをしたな」

大杉は言った。

「恐れ入ります」

建十郎は頭を下げる。

「ところで、雪乃殿と倅左京との縁談だが、この秋には整えたいと思う。雪乃殿からもっと延期して欲しいとの要請があったのだがな、年を越さぬうちがよかろう。じゃが、雪乃殿は倅との縁談、乗り気ではないようじゃな」

「そのようですな」

建十郎は否定しなかった。

「これははっきりと申すものよ」

大杉は苦笑を漏らす。

「ところで、近頃、怖い目に遭いました」

「そなたでも怖いことがあるのか」

「たくさんあります」

「なんじゃ」

大杉は建十郎の目を覗き込む。

「両国で女に殺されかけたのです」

「ほう……。遊び女《め》か」

大杉の本音が読めない。その女を間者として建十郎に近づかせたのだろうが、そんな素振りは微塵《みじん》も見せない。

「怖いものでした。簪でずぶりでございます。しかもその簪、わたしが別れの際に、贈ったものです。女は恐いものですな」

「ろくな女と親しんでおらんようじゃな。両国などという下世話な場所で暮らしておったからそのような目に遭うのじゃ。ま、それは今後の暮らしに生かしていけばいいがな」

「その女、とてもやさしげであったのです」

「女は魔物じゃ」

大杉は小さく首を横に振った。

「まったくですな」

建十郎が応じたところで大杉の視線が源之助に注がれた。源之助は庭先から見上げる。大杉は鋭い視線を投げてきたが何も言葉には出さず、そのまま視線を外した。

「では、大杉さま、これにて失礼致します」

建十郎は深々と頭を垂れた。

「女もそうだが、交わる者もよおく吟味せよ。これからは、五十嵐家を背負って立つことになるのであるからな」

大杉は釘を刺すような物言いをした。

「それは、わたしの勝手と存じます」

建十郎は毅然と返すとそのまま縁側を伝い玄関へと向かった。

三

一方、源太郎は本町へとやって来た。宝珠屋五郎兵衛と枡屋甚兵衛が死んだ今、手がかりはぷっつりと途絶えてしまった。しかし、何もしないわけにはいかない。ともかく、本町の薬種問屋街を歩いていると、見かけた娘がいる。

お節だ。

源太郎は胸が騒いだ。これぞ、天の恵み。早速お節を捕まえようとしたところで、源太郎の前を大八車が横切った。思わずのけぞったところでお節の姿は雑踏に紛れてしまった。

「おのれ」

砂塵《さじん》を舞わせながら走り抜ける大八車を恨めし気に見送ると雑踏に身を投じる。小路を進むと、娘が蹲《うずくま》っている。その傍らに男が寄り添うようにして立っていた。男は月代《さかやき》は剃《そ》らずに髷を結うという儒者髷《じゅしゃまげ》、絽の夏羽織に単衣、袴を身に付け、女に心配そうに声をかけている。

「差し込みがするのだな」

女はか細い声で申し訳ないと返事をしている。

「それはいかんな」

男は親切らしく女を気遣い腰を屈めた。と、その時、女の手にきらりと光る物が。女の横顔が見えた。

――お節――

まごうかたなきお節である。と、思った時には、

「やめろ！」

源太郎は大声を上げていた。お節ははっとなった。男は驚きながらも身を避ける。お節の簪は空を切った。源太郎が追いかけるとお節はましらのようなすばしこさで小路を走り抜けたちまちにして雑踏の中に消えた。源太郎は舌打ちをしてから男に向き直る。男はやっとのことで事態を飲み込んだとみえ、驚きに身を委《ゆだ》ねながらも、

「危ういところをお助けくださり、まことにありがとうございます」

と、礼を述べ立てた。

「礼には及びません」

源太郎は素性を明かした。相手も、

「拙者《せっしゃ》、君塚薫堂と申す。長崎にて蘭学塾を開いておりますが、こたび所用にて江戸

にまいりました」

「今の女をご存じか」

「いいえ、一向に」

君塚は狐《きつね》に摘《つま》まれたような顔つきをしている。大方、自分の財布を狙ったのだろうと付け加えた。

「いや、わたしは、君塚先生の財布目的とは思いません」

源太郎の確信に満ちた物言いに君塚は女に対する疑念を深めたのか眉間に皺を刻んだ。

「君塚先生、ちとお話を伺いたいのですが」

君塚は不安を募らせている。

「では、どちらかで落ち着いてお話を承《うけたまわ》りましょう」

「ならば、蕎麦《そば》でも食しませぬか」

「それはよい。丁度腹をすかしておったところです」

君塚は照れ笑いを浮かべた。源太郎も腹の虫がぐうと鳴った。

二人は目についた蕎麦屋に入った。入れ込みの座敷で向かい合わせに座ると盛り蕎麦を注文する。

「先だって、両国西広小路にて刃物を持った男が暴れました。大勢の人間が怪我をしました。その中で二人、死者が出たのです。その死者とは薬種問屋宝珠屋の主人五郎兵衛と御直参五十嵐清十郎さま」

君塚の目が大きく見開かれた。

「ま、まことでござるか」

君塚は自分でも思ってもみなかったような大きな声を出した。それから周囲を憚《はばか》って自分の口を塞ぐ。

「その下手人が先生を襲ったあの女、お節だとわたしは睨んでおります」

「わ、わたしは、そのお二人を訪ねてまいったのです。清十郎殿は何を隠そう、わたしの塾へ入門する予定でした」

「すると……」

源太郎は言葉を呑み込んだ。ひょっとして、君塚は五郎兵衛と甚兵衛が計画をしていた嘆願書について知っているのではないか。

「先生は五郎兵衛が御公儀に訴えようとした嘆願書についてご存知ですな」

それは確信を持って言えることだ。嘆願のためにこそ、君塚は江戸にやって来たのだろうし、お節はそれゆえ命を狙ったのである。

「存じおります」

君塚も認めた。

「先生」

と、声をかけたところで蕎麦が運ばれて来た。しばらくは蕎麦を啜《すす》った。

「やはり、蕎麦は江戸ですな」

君塚は自分の気持ちを解《ほぐ》そうとでも考えたのか、独り言《ごと》のように呟いた。周囲は込み始めた。蕎麦を手繰《たぐ》る盛大な音がする。みな、蕎麦に夢中になっていることを確かめた上で、

「あの嘆願書、わたしが書かせたようなものです」

「よろしかったら、その内容、お教えくださいませぬか」

「しかし、そのために五郎兵衛と清十郎殿が命を落とすことになったことを思えば、この上なく危険なものですぞ」

「わたしは町方の役人です。危ういからといって腰が引けはしません」

源太郎は頬を緩めた。

「ならば、覚悟の上でお聞きくだされ」

君塚はそう前置きをしてから心持ち声の調子を落として語り出した。

それによると、御側御用取次の要職にある大杉左兵衛佐は薬種問屋越前屋《えちぜんや》と組み、長崎の交易会所を通さず、清国《しんこく》から渡来する交易船から高価な薬種を手に入れ、それを江戸で懇意にしている薬種問屋に限り売り渡している。

通常、薬種は、清国から長崎の交易会所にもたらされ、交易会所から大坂の薬種問屋に送られる。その後、大坂の薬種問屋から全国の薬種問屋へと送られるのだ。大杉は長崎の交易会所も大坂の薬種問屋も通さずに薬種を手に入れ、通常よりも遥かに安価で江戸の薬種問屋に売ろうというのだ。売り先は大杉が懇意にしている越前屋などごく少数の薬種問屋のみ。懇意にしているとは、要するに大杉に多額の賂《まいない》を贈っている者たちである。

五郎兵衛は薬種問屋組合の肝煎りとして、薬種販売の秩序を乱し、一部薬種問屋のみが利を得る大杉の計略を許すことができなかった。

五郎兵衛も仲間に加われと大杉から打診されたのを蹴っての嘆願だという。

いかにも、義に厚い清十郎が怒りをかき立てる所業と言えた。

「抜け荷の証《あかし》をもって、五郎兵衛殿は嘆願をしようとした。そして、清十郎殿が自分もその不正を暴く、とそれは大いにいきり立っておられた。わたしが江戸にやって来るのを待ち構え、評定所《ひようじようしよ》にお畏れながらと訴える手はずとなっておったのです」

君塚は言った。

「なるほど、そういうことですか。清十郎さまは正義感のお強いお方だったのですな」

「清十郎殿があったればこそ、わたしも不正への弾劾を決意できたのです」

「先生の身が危ないですぞ」

「そんなことは申しておれません」

君塚はかえって闘志をかき立てられたようである。

「この上は、亡き清十郎殿や五郎兵衛殿のためにもわたしは立ち上がります。その決意を五郎兵衛殿のご仏前に誓います」

君塚は腰を上げた。源太郎も立つ。

「先生、わたしもお供させてください」

源太郎が申し出ると、

「いや、これ以上のお手を煩《わずら》わせるわけにはまいらん」

「何を申される。わたしは八丁堀同心です。わたしがついておれば、いくらなんでも白昼に襲撃をかけてはこられません。どうか、遠慮なさらず。わたしとて知らぬ顔はできませぬ」

源太郎が断固として申し出たため君塚もようやく折れてくれた。

源太郎は君塚と共に宝珠屋へとやって来た。宝珠屋の女房、お鶴に君塚が顔を見せると、

「まあ、先生」

と、夫を亡くしたばかりという悲しみを堪えて挨拶をした。

「このたびはご愁傷《しゅうしょう》さまでござる」

君塚は頭を下げる。源太郎と共に仏間へと通された。

「なにせ、急なことでございました。主人が騒ぎに巻き込まれて命を落としたと思いましたら、枡屋さんまで」

ここでお鶴はしんみりとなった。

「清十郎殿もお亡くなりになったとか」

「そうなんです。ここで先生と主人と清十郎さまの三人が一緒に語らったのは三月前のことでしたね」

「一旦、長崎に戻り、塾の運営を任せてから江戸へとやってまいった」

君塚も声を詰まらせた。

「それはそれは、まったく、とんだことになってしまいまして」

お鶴も嘆くことしきりとなった。君塚は改まった風に、

「わたしは、亡き五郎兵衛殿と清十郎殿の遺志を継ぐつもりだ。ついては、嘆願書があるはずなのだが」

するとお鶴は源太郎を見た。あれはなくなったとは君塚には面と向かって言い辛そうである。代わって源太郎が答えた。

「五郎兵衛が両国に行った際に奪われたらしいのです」

「ほう、そうか」

君塚は何故か冷静でいる。それからおもむろに、

「すまぬが、大福帳《だいふくちょう》をこちらに持って来てくれぬか」

「大福帳ですか」

お幹はすっかり戸惑ってしまった。

四

「いいから、頼む」

君塚に促されお鶴は怪訝な表情を浮かべながらも店へと向かった。君塚はそっと茶を飲み、

「五郎兵衛殿も清十郎殿も酒はおやりになりませんでな。ここでこうして、羊羹《ようかん》を摘みながら茶を飲み、様々な話をしたものです」

君塚は懐かしさが募ったのか目を細めた。やがて、お鶴が戻って来た。手に大福帳を持っている。

「これが」

お鶴はいぶかしげな顔で大福帳を差し出した。君塚はそれをぱらぱらと捲《めく》る。そして、

「あった」

と、大福帳を源太郎に示した。そこには、朝鮮人参《ちようせんにんじん》を破格値で売り渡すとある。

金一両。通常売価が五両は下らぬからまさしく破格値だ。一両で仕入れができること

を大杉左兵衛佐が保証していた。大杉の署名と印判が捺《お》してあった。

「五郎兵衛殿は大杉さまからこの証文を示され、秘かに持ち続けたのでしょう。当然、大杉さまが奪い返しに来ることを想定し、わざと目につく所、つまり、毎日の商いを記す大福帳の中に綴《と》じておいたのです。これこそが、抜け荷の証」

君塚は興奮で声を昂《たかぶ》らせた。

「なんと……」

源太郎は驚きの声を上げる。

「つまり、五郎兵衛殿は誰の目にも晒《さら》すことでかえって敵の目を欺《あざむ》いたということであろう」

「しかし、嘆願書は何処へ行ったのでしょうな」

源太郎は言った。

「さて、何処かはわからぬがそれはもう用済みだ。この証拠書類さえあれば、あとは嘆願書は改めてわたしがしたためよう」

君塚は言った。

すると、お鶴が嗚咽《おえつ》を漏らした。君塚は文机を借り、嘆願書を書き始めた。その背中は熱い決意に満ち溢れている。源太郎はそれを見ただけで清十郎が信頼を寄せる気持ちがわかった。

「よし、これを持って、五十嵐家にまいろうか」

君塚は言った。


源之助は建十郎と共に五十嵐邸に戻った。

「大杉殿め、つくづくと狸よ」

建十郎は苦笑を漏らした。

「まったくですな。惚《とぼ》けたご老人だ」

源之助は言った。

「わたしの命を狙わせながら、その素振りも見せなかったというのはさすがというか、相当な狸ぶりだ」

「ひょっとして、建十郎さまのお命を狙ったのはお節の独断かもしれませぬぞ」

「ほう、そうかな」

建十郎が否定的であるのは、自分と懇意な関係になった女のことをほんの少しでも信用したいという気持ちが働いているのかもしれない。

「それはともかく、今後、いかにすればよいものか。せめて、清十郎兄が何を糾弾《きゅうだん》しようとしておられたのかがわかれば、打つ手があるというものだが」

「その辺りのことは倅が探っております」

源之助は言った。

「果報《かほう》は寝て待てか」

と、言った時雪乃が入って来た。

「兄上、来客です」

「どなただ」

「君塚薫堂先生……。清十郎兄さまがお世話になろうとした蘭学の先生です」

雪乃は言った。

「ほう」

建十郎も源之助も期待の籠った目をした。雪乃はさらに源之助の息子源太郎が一緒だと付け加えた。

「すぐにお通しせよ」

建十郎は興奮していた。源之助とても期待に胸が膨らんだ。雪乃が居間から出て行くと、

「さすがは、蔵間殿の息子だな。いい時に絶好の男を引っ張ってきたではないか」

建十郎は言った。

ほどなくして源太郎と君塚がやって来た。そこに雪乃も加わる。君塚はまず挨拶をしてから清十郎の冥福を祈り、建十郎と向き合った。

「清十郎殿はまこと気の毒なことに。その責任はわたしにあると存じます」

君塚は言った。

「待たれよ。清十郎兄は自分の信義に生きたと存ずる。先生の責任とは思いませぬ。それよりも、清十郎殿が一体何をしようとしておったのか、それをお聞かせください」

「わかりました」

君塚は一部始終を語った。

「なんと」

建十郎は怒りを露《あら》わにした。雪乃も言葉を失い、怒りに顔を歪ませている。

「わたし、そのような所へ輿入《こしい》れなどしたくはありません」

雪乃らしいきっぱりとした態度だ。

「そうだ、やめておけ」

建十郎も賛成した。

「お父上は承知されますまい」

源之助が言った。

「父は体面ばかり」

雪乃は唇を堅く引き結んだ。

「清十郎殿の遺志、わたしが継ぎます」

建十郎が君塚に言った。

「しかとですか」

君塚は視線を据えた。

「覚悟を決めました」

建十郎の双眸《そうぼう》には炎が立ち上った。雪乃もそんな兄の決意を大いに誉《ほ》めそやした。

「それでこそ兄上です」

それはもう手放しの喜びようである。そこへ五十嵐が入って来た。

五

五十嵐はみなを見回し、

「何の密談じゃ」

と、それはもう不機嫌さを隠そうともしなかった。君塚が自己紹介をした。雪乃が清十郎が入門しようとした蘭学者だと言い添える。すると五十嵐の顔が歪んだ。

「貴様か、清十郎をそそのかしたのは」

と、君塚に罵声を浴びせた。

「父上、お言葉が過ぎます」

雪乃は悲しげに言う。

「黙れ、清十郎はわしの目を盗み、好き勝手に五十嵐家を破滅へと導こうとしておったのだぞ」

五十嵐は狂わんばかりの取り乱しようである。建十郎は父親のそんな醜態《しゅうたい》を冷ややかな眼差しで見つめていたが、

「父上、兄上の志、わたしが受け継ぎます」

と、言った。

「なんじゃと」

五十嵐は呆《ほう》けたような顔つきをしたが、すぐに凄い形相を建十郎に向け、

「おまえまで狂ったのか」

「狂っておるのは父上ではございませんか。不正を見ても見ぬ振り、それでよいのですか」

「黙れ」

「黙りませんぞ」

建十郎は身を乗り出す。

「おまえ、親に逆らうか」

「父上に逆らったのは今が初めてではござらん。ずっと逆らい通しでござった。それがわたしの生き方」

「この親不孝者め」

「いかにも。親不孝でござる。今更、孝行息子になろうとは思いませぬ」

「おのれ、勘当じゃ。今度こそまことに勘当するぞ」

五十嵐は威圧的な態度に出た。

「勘当してくだされ。その方がよい。兄がしようとしていたように五十嵐家を離れ、思うさま、大杉殿の罪行を暴けるというものです」

建十郎は勘当しろと五十嵐に迫った。五十嵐は口をつぐみ、苛立たしげに歯噛《はが》みをしたが、ここは落ち着けと自分に言い聞かるがごとく冷静となった。

「なあ、建十郎、そうまでしてわしに反発をするか」

「申し訳なく存じます。父上が不正を見逃されるのならば、わたしは逆らいます」

「そうか」

五十嵐は力なく言う。雪乃も、

「父上には申し訳なく存じますが、わたしも大杉さまとの縁談、お断りを致したく存じます」

と、両手をついた。

「お、おまえまで」

五十嵐は唇をわなわなと震わせた。

「もう、わたくしも引けませぬ」

雪乃は言った。

五十嵐は呆然とした目で建十郎と雪乃を交互に見ていたが重々しくため息を吐いた。それから肩を落とし何度も首を振る。

「父上、どうか目を覚ましてください」

建十郎は言った。

「父上、どうか、おわかりください」

雪乃も訴えかける。

「おまえたち、五十嵐家を潰してもいいのか」

それはあまりにも力ない言葉であった。

「この世の義のためならそれは本望ではございませぬか」

建十郎の言葉に雪乃も賛同を示した。

「そうか」

五十嵐は最早、反対することも罵倒することもしなかった。かといって認めている風でもない。ただ、受け入れるというどこか諦めに似た風情が漂っていた。

「親不孝、御免」

建十郎は声を大きくした。ここで君塚が、五十嵐に向き直った。

「御子息清十郎殿は本来ならわたしの塾生として学問一筋に進むはずでした。ところが、なまじ、この世の義を尽くすということのために命を散らせてしまった。どうか、お許しくだされ」

しかし、五十嵐は力ない目で見返すばかりであったが、

「そなた、今すぐこの屋敷を出て行け」

「父上、君塚先生は亡き兄の師ですぞ。今宵は当屋敷にお泊まりいただくのが当然と

存ずる」

「馬鹿な、御公儀に刃向う者を当家に留めおけるか」

「君塚先生は御公儀にではなく、大杉さま、御禁制の抜け荷により私腹を肥やさんとする大杉さまの所業を糺《ただ》そうとされておられるのです。更に申せば、大杉左兵衛佐は兄清十郎を殺した仇《かたき》ですぞ」

建十郎に責め立てられ五十嵐は言葉を失ったように立ち尽くしていたが、

「君塚殿、出て行ってくだされ」

と、力なく言った。尚も反発しそうになる建十郎を制して、

「失礼致します」

君塚は深々と頭を下げ立ち上がった。源太郎も一礼すると腰を上げる。建十郎は憮然とした顔で部屋から飛び出して行った。

第六章　捨てられた家名

一

源太郎は君塚を伴い屋敷の外に出た。君塚は興奮の余り頰を火照らせている。その表情は何がなんでもやり遂げるという決意に満ち溢れていた。源太郎はそれを見るとうれしくてならない。

「蔵間殿、いや、わたしは、清十郎殿や宝珠屋殿の死を聞いた時には目の前が真っ暗となりました。それが、今は二人の死を無にしてはならないという気持ちで一杯です」

「まこと、二人の死を無駄にはできませぬ」

源太郎も力強く応じる。夜道を君塚が宿を取っているという馬喰町《ばくろちよう》まで急いだ。

武家屋敷の練塀《ねりべい》が続き、人気《ひとけ》のない夜道は蟬も鳴き止み、黒々とした影がおぼろに霞《かす》んでいるだけだ。

雪乃が提灯を貸してくれたものの、やはり夜道は心もとない。屋敷への逗留《とうりゅう》を拒絶した五十嵐が恨めしい。一晩くらい泊めてやってもいいではないか。あそこまで意地を張らなくても。五十嵐にしてみれば、大杉を弾劾しようとする君塚は敵に違いないのだろうが……。

おまけに、清十郎ばかりか建十郎も君塚の口車に乗ったと思っていることだろう。顔も見たくない相手に違いない。

すると、前方から慌ただしい足音が近づいてきた。源太郎は君塚の前に立ち、守ろうとした。覆面《ふくめん》姿《すがた》の侍が十人ばかり二人の眼前を塞いだ。

「北町の蔵間と申します」

源太郎は相手が侍であることを気遣い丁寧な物言いをした。侍たちは無言である。それどころか、刀の柄《つか》に手をかけた。

「待たれよ。名乗られよ」

しかし返事はない。

「御側御用取次大杉左兵衛佐さまの使いの方々か」

極力、争いは避けたいが相手が実力行使に出てきたらこちらも応戦しなければならない。そして、その可能性は高い。

果たして、

「かかれ」

真ん中の侍の声で一斉に抜刀がなされた。

「逃げてください」

背後の君塚に声をかけた時には、敵は背後に回り込んだ。君塚も脇差を抜く。月光が怪しく侍たちを照らす。

「きえい」

正面から敵が斬り込んで来た。源太郎は敵の刃を跳ね除ける。夜空に刃が交錯する音が吸い込まれる。犬の遠吠えが遠くで聞こえた。なんとかして活路を切り開かねば。

源太郎は右に走り、二人の敵に斬りかかる。敵は同士討ちを恐れて二人の間に隙間が生じた。そこをすり抜け、君塚と共に飛び出したのも束の間、すぐに前方を塞がれた。

と、

「うう」

君塚の口から呻き声が漏れた。君塚が斬られたようだ。焦りが源太郎を襲う。自分も殺されるのではないかという恐怖心は不思議とない。それは闘争で身体が燃え立っていることに加え、君塚を無事に逃がさねばならないという使命感の方が強いからだろう。

だが、君塚は深手を負ったのか、耐えきれないようにその場に崩れ落ちた。それを見て侍たちが輪を縮めてくる。

「わたしに構わないでください」

君塚の声音は苦しげだ。

「しっかりされよ」

源太郎が叱咤《しった》したところで、呼び子の鋭い音が夜空を震わせた。続いて、

「御用だ！」

という大きな声が聞こえる。

侍たちが浮き足立った。「御用だ」の声はすぐに大きくなり、足音も近づいてきた。侍たちの輪が乱れ、続いて潮を引くようにしていなくなった。

源太郎は視線を凝らした。御用提灯の灯りが目に沁み込んできた。南町奉行所だ。ほっとしたところで、矢作の顔が浮かび上がった。

「おお」

矢作は陽気に声をかけてきた。

周囲は小者、中間《ちゅうげん》が捕物装束《とりものしょうぞく》に身を包んで控えていた。

「兄上、助かりました」

源太郎は安堵の言葉を告げ、君塚に視線を向けた。御用提灯に照らされた君塚の袴が赤黒く濡れている。

「大丈夫でござるか」

源太郎が尋ねると、

「大したことはござらん」

君塚は立ち上がろうとしたが、苦痛に顔を歪ませて立つことができない。矢作が屈み込むと、いきなり袴を切り裂いた。右の太股《ふともも》を刺されたようだ。

矢作は手拭を歯で切り裂くと止血を施した。

「さて、奉行所に連れて行くぞ」

矢作は捕方たちに命じた。

「奉行所へ」

源太郎は戸惑いの言葉を発した。

「そうさ、罪人を捕縛したんだ」

矢作はけろっと告げる。

「罪人とは」

源太郎は君塚に視線を投げる。

「君塚薫堂、御公儀に対し、不届きな企てをしておる恐れありだ」

矢作の顔には自嘲気味な笑みがこぼれている。

「不届きな企てとは何ですか」

源太郎はむきになった。

「さてな……。それをこれから取り調べるということだ」

「まやかしか。ひょっとして、上からの要請か」

「まあ、そんなところだ。でもな、この身はしっかり守ってやるから」

矢作は心配するなと小声で付け加えた。源太郎もうなずく。しかし、それでは、嘆願ができない。

「いつまで、奉行所に拘束《こうそく》なさるのですか」

「さてな」

「さてなではござらん。君塚先生にはとても大切なお役目があるのです」

「こっちだって役目さ」

矢作は言うと君塚の脇差を小者に取り上げさせ、自らは君塚の身体を持ち上げると背負った。

「さらばだ」

矢作はくるりと背中を向けた。

「待ってください」

源太郎はとてものこと承服はできないとばかりに詰め寄った。

「行くぞ」

矢作はそれを無視してさっさと君塚を連れ去ってしまった。

「おのれ」

源太郎はどうしていいかわからなくなった。このまま指をくわえて見送るしかない。いくらなんでも、南町奉行所の御用を邪魔立てすることはできない。これは、大杉が手を回したことに相違ない。自分や父が北町と知って、南町に圧力を加えたのだろう。お節から君塚の動きを知ったに違いない。つくづくと狡猾《こうかつ》な男だ。

せっかくここまできたのに、嘆願は頓挫《とんざ》するのか。いや、建十郎はたとえ自分一人でも行うであろう。しかし、証拠は君塚が握っている。その証拠を手に入れることができればいいのだが。

ともかく、明日、南町へ行こう。

そう思い帰路についた。


八丁堀の組屋敷に戻った。

「お帰りなさりませ」

美津の明るい声が恨めしい。

「先ほど、兄上と行き会った」

「まあ、そうでしたの」

事情を知らないとはいえ、美津はじつにあっけらかんとしたものだ。ついつい美津に当たりたくなった。

「兄上、まことお役目熱心であられる。この夜中にもかかわらず、罪人の捕縛に当たっておられた」

「兄は御用だけはまじめな男ですからね」

美津はくすりと笑った。

「まったくだ」

源太郎も返す。

「どうしたのですか」

美津は源太郎の異変に気づいたようだ。

「なんでもない」

「そんなことはございませんわ。唐突《とうとつ》に兄のことを申されたのですから、きっと何かあったのでしょう。兄といさかいを起こされたのではございませんか」

「いさかいなどするはずはない」

「そうでしょうか。兄も旦那さまも意地っ張りなところがありますから」

美津はおかしげにくすりと笑った。

「ふん」

源太郎はかえって藪蛇《やぶへび》になってしまったことを悔い、不満からつい舌打ちをしてしまった。

「でも、兄は決して上を見た御用はしない人です。それだけは確かでございますよ」

その矢作が上の命令でこの世の腐敗を正そうとしている君塚を捕縛したのだぞということを胸の中に仕舞った。

「そうだな、実に真っ直ぐなお方だ」

「単純なのですよ」

美津はなんだかんだ言っても兄のことを慕っているのだろう。早くに両親を亡くし、親代わりとなって自分を育ててくれたことに深い感謝の念を持っているに違いない。

二

源之助は五十嵐と対峙していた。

「町方の同心風情がわしに意見をする気か」

五十嵐は居丈高に出た。

「致します」

源之助は正面から名門旗本の圧力を受け止めた。

「生意気な。御奉行殿に断固として抗議を致すぞ」

五十嵐はこれでもかというように告げた。源之助はこの時、何故か笑いが込み上げてきた。さすがにこの場で笑うことは不謹慎とは思いつつも堪えきれずに笑い声を上げてしまった。五十嵐は源之助が笑いを堪えて俯いているのを自分の言葉に威圧されてのことだと思ったようだが、意表をついて源之助が笑い出したものだから一瞬、呆気に取られた。それでも気を取り直したように険しい表情を浮かべた。

「き、貴様。笑うとは何事だ。わしの言葉に笑うとは何事ぞ。この無礼者め」

源之助はここでやっと笑いを抑え、

「すみません。笑ったことはこの通り詫びます。あまりにも面白かったものですから」

「許せるものか」

五十嵐は己の面目を潰されたと思ったのか怒りの矛先《ほこさき》を収めようとはしない。

「五十嵐さま、不遜《ふそん》、無礼を承知で申し上げます。あなたさま、底をお見せになられましたな」

「なんじゃと」

「あなたさまは、結局はご自分を拠《よ》り所《どころ》となさることができぬお方なのです」

「どういう意味じゃ」

「全ては名門旗本の家柄に立ち、御公儀の権威を笠に着る、ということしかできない」

「虎の威を借ると申すか」

「少し違いますな」

源之助はニヤリとした。

「拙者を愚弄《ぐろう》するか」

「愚弄ではありません。思ったままを申します。あなたさまは、虎の威を借りていることすら意識していないのです。それが自然と身についてしまわれたのです。それがあなたさまの矜持となってしまわれた」

源之助は言った。

「生意気申しおって」

「不浄役人が出すぎたこととさぞやお怒りでございましょう」

源之助の言葉は淡々としていた。五十嵐も源之助には威圧は通用しないと思ったようで言葉を荒げることは控えた。

「好き放題申しおって。わしはな、この五十嵐家を守らねばならんのだ。そのためには、大杉殿と事を構えるわけにはまいらん」

「しかし、そのために義を曲げてもよろしいのですか」

「大杉殿が何をなさっておられようがわしは知らぬ」

「御禁制の抜け荷を行うことを野放しにしてよろしいのか。御子息清十郎さまは、そのことに義憤を覚え訴え出ようとなさったのですぞ」

五十嵐は顔をそむける。

「都合の悪いことは聞かざるですか」

「清十郎は最早この世にはいない」

「建十郎さまがその志を受け継がれるではありませぬか」

「わしは許さん」

「御家大事にございますか」

「いかにも」

この男は到底説得できるものではない。そんな思いが源之助の胸に湧きあがった。それならそれで、構わない。建十郎が決意している以上、大杉弾劾は止められないのだ。

その時、雪乃が入って来た。五十嵐は感心なさそうに、

「あの蘭学者、屋敷から出て行ったであろうな。よもや屋敷内に留まるというようなことがあってはならんぞ」

五十嵐は言った。

「出て行かれました。君塚先生は隠れ潜むような卑怯《ひきょう》なお方ではありません。それより、大杉さまがおいでになられました」

「なんと」

五十嵐の態度はやにわに緊張をはらんだ。

「客間へお通しせよ」

五十嵐は言うと立ち上がろうとしたが、

「御免」

大杉が入って来た。今日の大杉は上等な錦《にしき》の着物に身を包み絽の夏羽織を重ねている。五十嵐は平伏し、

「お渡りくださり、恐縮に存じます」

と、大杉を上座に据えた。

「突然の訪問の無礼をお許しくだされ。本日まいったのは少々気になることがございましてな」

大杉は鷹揚《おうよう》に言葉をかけてきた。

「それはいかなることでございましょう」

五十嵐がおずおずと尋ねる。

「建十郎殿が、何やら、わけのわからぬ者に騙され御公儀に弓引くがごとき所業をしようとしておるとか」

大杉は皮肉げに顔を歪めた。

「そのようなこと……」

五十嵐はしどろもどろとなる。代わって雪乃が、

「畏れながら、兄はわけのわからぬ者にたぶらかされるものではございません」

途端に五十嵐が、

「おまえは控えておれ」

雪乃がむっとすると大杉は鷹揚に五十嵐を宥《なだ》めた。そこで初めて源之助に気付いたかのように大杉が、

「そなた、見覚えがあるぞ」

源之助の顔をまじまじと見つめる。源之助は見返した。雪乃が源之助を紹介しようとしたところで、

「おお、そうじゃ。建十郎殿の供でわが屋敷にまいった若党であった」

大杉はそうじゃなというように念押しをした。源之助が返事をする前に五十嵐がいきりたった。

「なんじゃと、おまえ、一体、何を考えておる。自分の身を偽って大杉殿のお屋敷を訪れるとは何事」

「ほう、では、この者、五十嵐殿の若党ではないと申されるか」

五十嵐は大杉に向き直り、

「この者、北町奉行所同心蔵間源之助と申す男でございます」

「町方の同心じゃと」

大杉は源之助を睨んできた。次いで、

「町方の同心が何故、五十嵐家の若党に成りすましてわが屋敷にまいったのだ」

と強い口調で訊いてきた。

源之助は黙り込んでいる。五十嵐が堪りかねたように身を乗り出そうとした。雪乃は心配そうに顔を歪ませている。

大杉はにんまりとした。

「そうか、おまえだな。建十郎をたぶらかし、ありもしないことで騒ぎ立てようとしておるのは」

「大杉さま、蔵間さまは決してそのようなことをなさっておられるわけではございません」

雪乃が庇ってくれた。

「いや、この者が煽り立てておるに違いない」

大杉は決めつけた。

源之助は冷静に口を開いた。

「いかにもわたしは身分を偽りました」

「身分を偽って何故わが屋敷にまいったのじゃ」

「御側御用取次という公方《くぼう》さまのお側近くにお仕えするお方が悪事を働くとは、俄《にわ》かには信じることができませんでした。よって、この目で確かめようと思ったのです」

「確かめるとは無礼な」

即座に五十嵐が怒鳴った。それを大杉が止め、源之助に話を続けるよう促す。

「わたしは町方の役人として多くの罪人に接してまいりました。いささか、人を見る目はあるものと自負しております」

「それで、わしはどうだった」

大杉は自信たっぷりに問いかけてきた。

「悪党も悪党、これほどの悪党は滅多にお目にかかれるものではございませぬな」

大杉は声を放って笑った。それから、

「ようも申したものよ。一見して、骨があり、筋を通すまこと武士らしき男よ……。などと誉めると思うか。おまえはそう自惚《うぬぼ》れておるのかもしれぬがな、そうした男をなんと申すか存じておるか。馬鹿と申す。義だとか武士の矜持だとかと申す寝言でこの世を渡ることなどできぬ」

その余りに自信たっぷりな物言いには辟易《へきえき》してしまう。

「馬鹿で結構。馬鹿でも義に外れるよりはましでござる。わたしはあなたさまの悪事を絶対に許しません」

源之助は胸を張った。

「ほざけ、下郎」

大杉は平静を装ったままひどい物言いをする。この辺りがこの大杉左兵衛佐という男の人柄を物語っていた。

「では、わたしはこれにて失礼致します」

源之助は立ち上がった。

「どうするつもりじゃ」

「決まっております。建十郎さまと共に評定所へ訴えにまいります」

「もう一人おろう。君塚某《なにがし》とか申す蘭学者が」

「いかにも、亡き清十郎さま同様、我ら義を貫く者でございます」

源之助は答えた。

三

「やれるものならやってみよ」

大杉は言い放った。

「やりますとも」

源之助が答えたところで、大杉は立ち上がり、

「入れ」

と、声をかけた。すぐにどたどたと侍たちが入って来た。

「この者を捕えよ」

大杉は冷然と命ずる。侍たちが源之助を取り囲んだ。そこへ、

「待て」

建十郎が入って来た。大杉が、

「建十郎殿、関わらないでいただきたい」

「わが屋敷をまるで土足で踏み荒らすがごとき所業、見過ごしにはできませぬ。父上、このまま見過ごされるのか」

建十郎に詰め寄られ、五十嵐は大杉との板挟みになって困り顔になった。大杉が建十郎の前に立ち、

「建十郎、控えよ。この者は罪人だ」

「蔵間殿が何故罪人なのですか」

「おまえをたぶらかしてありもしないわしの悪行を弾劾しようなどという不届き極まる男なのだ。そのことがわからぬか」

「わたしは蔵間殿にそそのかされたわけではない。あくまでわたしの意志で行う所存」

建十郎は言った。

「五十嵐殿、建十郎はこう申しておるがいかに」

源之助は鋭い視線を浴びせた。五十嵐が口をもごもごとさせると、

「兄の申す通りです」

雪乃はここぞとばかりに主張した。

「ほう」

大杉はもう一度五十嵐を睨む。

「娘も建十郎も蔵間にたぶらかされておるのです」

「父上、兄上もわたくしも自分の意志で行うのです」

雪乃が反発を加える。

「黙れ」

五十嵐は雪乃の頬を手で打った。雪乃が畳に転がる。それを建十郎は助け起こし、五十嵐を見上げた。

「父上、そんなに大杉殿が恐いのですか。そんなにも恐れておられるのですか」

その物言いは冷ややかであった。

「なにを……」

五十嵐は拳を握りしめた。

「そうでござろう」

建十郎は立ち上がる。

五十嵐が黙りこくったため、

「父上、情けのうございますぞ」

「おまえに何がわかる」

五十嵐は目に涙を溜めた。

「五十嵐殿、親子喧嘩をしておる場合ではない」

大杉はうんざり顔で告げると侍たちを促した。侍たちが源之助に殺到する。源之助は抜刀する間もなく侍たちによって大刀を取り上げられた。

「やめろ」

建十郎が侍たちに飛びかかった。侍たちが反射的に大刀を払った。と、

「きゃあ」

雪乃の口から大きな悲鳴が上がったと思ったら、建十郎の胸が鮮血に染まった。これには五十嵐ばかりか大杉も驚きの顔となった。侍たちも呆然とした。源之助は建十郎を抱き起こした。既に虫の息となっている。

「しっかりなされ」

源之助は何度も身体を揺さぶった。五十嵐がたまらず、傍らに屈み込んだ。

「建十郎、しっかりせよ」

「兄上」

五十嵐と雪乃の呼びかけに建十郎の目が薄らと開かれた。

「兄上、しっかり」

雪乃の呼びかけに応じるように建十郎は、

「父上、義を尽くされよ」

力を振り絞るようにして訴えかけた。そしてそれで力尽きたようにがっくりとうなだれた。雪乃の慟哭《どうこく》が響き渡った。それは源之助の五臓六腑《ごぞうろっぷ》を抉《えぐ》るものであった。

すると、

「蔵間、よくも建十郎を殺めたな」

大杉の声が不気味に響き渡った。

「何を申される」

源之助は怒鳴り返した。

「おまえが下手人だと申しておる。おまえは、建十郎をそそのかし、建十郎が応じないとみるや、怒りに任せて斬ったのだ」

大杉のまるで出鱈目な言いがかりに憤りを抱きつつも、意外な気はしない。大杉は自分に何もかもを押し付けて事の解決を図ろうというのだろう。

「五十嵐殿、大事な跡取りを失いまことに気の毒の極み。この上は、わしがなんとかしよう」

大杉の申し出はいかにも軽率であった。さすがに五十嵐もむっとして返した。

「なんとかとはどういうことでござる。まさか、建十郎を生き返らせると申されるか」

その勢いに気圧《けお》されるように大杉は一旦は口を閉じたもののじきに口を開いた。

「雪乃殿を嫁に迎える予定であったが、逆に我が次男左門《さもん》を雪乃殿の婿として養子入りさせよう」

大杉はこれでどうだと言わんばかりだ。

「何を身勝手な」

雪乃は顔をそむけた。

だが大杉は雪乃を無視して五十嵐に迫る。

「五十嵐家を存続させることが、そなたの務めではないか。いかに」

「それは……」

五十嵐はうなだれる。

「父上、まさかこんな出鱈目を受け入れられるのですか」

雪乃は憤怒の形相となった。

「五十嵐、どうじゃ」

大杉は冷笑さえ浮かべた。

「はあ」

五十嵐は負けたようにがっくりとうなだれた。

「父上は武士ではございません。最早、ただの愚かな男に過ぎません」

雪乃は言い放った。大杉は侍たちを促す。侍たちが源之助の腕を摑んだ。

「明日、この者を奉行所に突き出せ。それまでの間、土蔵にでも閉じ込めておくのだ。よいな」

大杉は最後のよいなという言葉に力を入れた。五十嵐はうつろな目でうなずいた。

「おやめくだされ」

雪乃は断固として抗《あらが》う。侍の一人が雪乃の鳩尾《みぞおち》に当て身を食らわせた。雪乃はぐったりと畳に突っ伏した。

「五十嵐殿、しかと御家を守らねばなりませんぞ」

「はあ」

「はあではない。気をしっかりと持たねばならん。心を一つにして、我ら難局を乗り越えるのだ」

「承知しました」

五十嵐は覚悟を決めたようである。源之助は侍たちに引き立てられ、庭へと下り立った。

「このようなことですまされると思うな！」

源之助は怒鳴りつけた。

「ほざけ。最早おまえの言葉は負け犬の遠吠えだ」

大杉は勝ち誇ったように大きな笑い声を上げた。

源之助は両腕を抱えられ庭を横切り築地塀に沿って建ち並ぶ土蔵へと連れて行かれた。土蔵の引き戸が開かれ、投げるようにして放り込まれた。板敷に転がると、荒縄でぐるぐる巻きにされる。侍たちは源之助が床に転がる様子を見ると外に出た。

南京錠《なんきんじょう》が掛けられる音がひときわ耳に鮮やかだった。すぐに身体を動かすものの縄はきつく微動だにしない。芋虫《いもむし》のように床をごろごろと転がったが、それは慰めにしかならなかった。

「おのれ」

負けるものかと己を叱咤する。無惨にも命を散らした建十郎の姿が脳裏にまざまざと蘇る。建十郎までもが犠牲となった。このままでは悪をはびこらせるだけである。しかし、囚われの現実、いかんともしようがない。みじめな姿で床に転がっているのみ。

「負け犬の遠吠えか」

大杉の罵声が思い出される。

った。

「おのれ」

大声を発する。しかし、それは虚《むな》しく響き渡るだけで何の解決も示してはくれなかった。

四

翌朝、奉行所へ出仕すべく源太郎は家の玄関を出た。木戸門の下で久恵が怪訝な顔をしている。

「お早うございます」

源太郎が挨拶をすると久恵は、

「お父上がお戻りにならないのです。何か御用とは思うのですが……、源太郎、心当たりはありませぬか」

「いえ、特には……」

否定したものの、心当たりは五十嵐家のことである。自分と君塚が帰ってから何かがあったのではないか。

「母上、ご心配なく。父上のことですから、心配には及びません」

わざと明るく言う。久恵は何か言いたそうだったが、騒ぐことを恥じたのか、

「そうですね、間もなくお元気で帰っていらっしゃるでしょう」

と、母屋へ歩いて行った。

源之助は為《な》す術《すべ》もなく、白々明《しらじらあ》けを迎えた。天窓から覗く空は乳白色に明るみ、夜明け前の清々《すがすが》しい風が吹き込んでくる。野鳥の囀《さえず》りも響き渡った。短夜の夜明けは源之助にとっての崖っぷちを意味していた。その現実を受け止めながらも諦めてはならんと己に言い聞かせてもいた。

するとと南京錠を開ける音がする。

——ついに来たか——

とうとう諦めの時が訪れたのかと思ってしまう。

ところが、南京錠が開き、入って来たのは雪乃だった。雪乃は懐剣を手にしていた。懐剣の煌めきが眩しく目に突き刺さる。雪乃は懐剣で縄を切ってくれた。縄から解放され、身体中に血が巡り、ほっと息を吐いた。

「かたじけない、雪乃殿。だが、こんなことをしては無事ではすみませぬぞ。雪乃殿のお命が心配だ。わたしには構わないでくだされ」

雪乃は俯き加減に、

「父が自害しました」

「なんと」

「父はようやくわかったのです」

未明のことだったという。雪乃は胸騒ぎがして五十嵐の寝間へと向かった。

「どうしても父上には大杉さまの罪状を暴いていただこうと思いまして」

雪乃は大杉弾劾の決意を胸に五十嵐の寝間に乗り込んだのだった。すると、

「父は切腹して果てておったのでございます」

雪乃は言った。その目に涙はない。代わりに強烈な使命感がふつふつと湧き上がっている。

「これが、遺書でございます」

雪乃に差し出された遺書には、自分の不明を綴り、さらには、建十郎を殺したのは大杉配下の者であり、それを大杉は隠蔽《いんぺい》しようとした。建十郎は大杉の抜け荷を糾弾しようとしていたことが付け加えてあった。最後に自分は武士として死ぬ。死を以《も》って大杉の罪を訴えると綴ってあった。

「五十嵐殿、最期はあっぱれなるお志を示されたということか」

源之助は感に堪えたように言葉を絞り出した。

「父はこれでよかったのだと思います」

「しかし、あれほど望んでおられた五十嵐家の存続はいかがなるのですか」

「最早、そのことに拘《こだわ》ったがために武士としての矜持を失ったのだ、とようやく父も悟ったのだと思います」

雪乃は唇を嚙んだ。

「いかにも」

源之助もうなずく。

「この上は何の未練もございません。やるべきことは大杉左兵衛佐の弾劾のみ」

「やりましょうぞ。建十郎さま、清十郎さまそして五十嵐さまの死を無駄にはできませぬ」

源之助も力強く決意の炎を燃え立たせた。

源之助は立ち上がった。雪乃が源之助の大小と十手を持参してくれた。

「かたじけない」

素早く大小と十手を腰に差す。引き戸から外に出ると数人の侍たちが待ち構えている。雪乃が、

「下がりなさい。これから、父と二人の兄の思いを伝えに評定所へまいる」

雪乃は五十嵐の遺書を示した。侍たちは五十嵐家の家来だった。大杉から源之助の監視を命じられたらしい。家来たちは雪乃の言葉に息を呑んでいる。さすがに手出しができない。

「あなた方は、父や兄たちの遺志をないがしろにするのですか。それでも、五十嵐家の俸禄《ほうろく》を食《は》んでいるのですか。武士なら主人の思いに忠義を尽くすべきではないのですか」

雪乃らしい毅然とした物言いに家来たちは足をすくませた。雪乃はそれを見て源之助を促す。源之助が歩き出すと、侍たちは道を開いた。

「まいりましょう」

雪乃に言われ、源之助は雪乃と共に屋敷の表に出た。日輪が顔を覗かせた。

そこへ、

「行かせませぬ」

と、一人の女が姿を現した。お節である。お節は平然とした笑みを浮かべ、

「雪乃さま、しばらくでございます」

雪乃はきつい目で見返す。

「あなたが、建十郎兄さまを騙したのですね」

「建十郎さま、恰好や言葉遣いは町人を気取っていらっしゃいましたが、根は旗本の若さま。それはもう、世間知らずのお坊ちゃんでね、人が好いものだから、あたしには赤子の手を捻るようなものでしたよ」

お節は冷笑を浮かべた。

「だまらっしゃい」

雪乃は睨む。

「おやまあ、威勢のいいこと。雪乃さまが男であればよかったのに」

お節は言うと懐剣を抜いた。同時に背後から侍たちが姿を現す。

「行かせないからね」

お節は別人のような野太い声を発した。一斉に侍たちが抜刀した。源之助の血がたぎった。

抜刀し侍たちの只中に斬り込む。侍たちも応戦し、刃が重なり合う音が響き渡った。

そこへ、納豆《なっとう》売りや豆腐《とうふ》売りの声が重なった。

侍たちは刀を引き、その場を立ち去った。お節も立ち去ろうとしたが、

「待ちなさい」

雪乃が引き止めた。お節は足を止め雪乃と対峙した。

「およしになったら」

お節は冷笑を雪乃に浴びせた。

「兄の仇」

雪乃は懐剣を抜いた。柄を逆手に握りしめお節を睨む。お節が懐剣を振りかざすや雪乃に駆け寄る。雪乃は横に飛び退いた。源之助が助太刀しようとしたが、

「助太刀御無用に願います」

それは有無を言わせない力強さと自信をたたえていた。

納豆売りと豆腐売りが驚きの声を上げ棒立ちとなった。

「なんでもない。行け」

源之助はいかつい顔を際立たせた。二人は関わり合うことを恐れるように走り去った。

お節が再び懐剣を振り下ろす。

雪乃は慌てずお節の動きを見定め体《たい》をかわす。雪乃のあまりの落ち着きようにお節は焦り始めた。

雪乃が間合いを詰めた。

お節は一際大きく懐剣を振り下ろした。雪乃は身体を横滑りさせ、同時に左手で手刀を作り、お節の首筋を打ち据えた。

お節は前のめりに倒れた。

「お見事」

源之助は思わず賛辞を送った。だが、雪乃の顔に喜びはない。

「この者、大杉左兵衛佐と一緒に罪を償わせます」

雪乃は静かに言った。

路傍に倒れるお節を一瞥すると、源之助は雪乃を伴い評定所への道を急いだ。

源太郎は南町奉行所に矢作を訪ねた。どうしても君塚のことが気にかかって仕方がない。

同心詰所に顔を出すと矢作がおうと声をかけてくる。源太郎が目で話があると告げるとさっと外に出て来てくれた。

「君塚って蘭学者、面白いものを持っていたぞ」

矢作は君塚から押収したという、帳面を見せられた。大杉が宝珠屋五郎兵衛に書いた誓約書である。

「御側御用取次大杉左兵衛佐さまが抜け荷に関与していたことを示す証だ」

矢作の言葉に源太郎はうなずき、大杉の為に犠牲になった五十嵐父子と宝珠屋五郎兵衛、枡屋甚兵衛の無念を嚙み締めた。

「どうするのですか。君塚をこのまま奉行所に拘留《こうりゅう》し、ありもしない罪で処罰になるのを見過ごすおつもりか」

源太郎は強い眼差しで矢作を見た。

「相変わらず、真っ直ぐな男だな。いいか、おれがそんなことをすると思うか」

「そうですよね」

源太郎もにんまりとした。

と、その時なんと源之助が歩いて来た。

「父上」

「舅殿」

源太郎と矢作が同時に声を発した。源之助は薄らと無精《ぶしょう》髭《ひげ》が伸び、くたびれた顔をしていたが、

「お早う」

しっかりとした声で挨拶を返した。

「父上、五十嵐さまの御屋敷からどちらへ行っておられたのですか。母上が大層ご心配をなさっておられましたよ」

「朝帰りなどついぞなかったからな」

源之助はにこやかに答える。

「舅殿、朝帰りとは色っぽいと言いたいところだが、その様子、艶事《つやごと》とは縁がなさそうだな」

「そうだ。危うく殺されるところだった。五十嵐さまの御屋敷でな」

源之助は五十嵐邸での出来事を語った。源太郎が五十嵐邸を出て行った後、大杉左兵衛佐が配下の者を連れて乗り込んで来たこと、建十郎と言い争いになり、建十郎が命を落としたこと、大杉が源之助を建十郎殺しの下手人に仕立てようとしたこと、そして、五十嵐が切腹し、雪乃と共に評定所に訴えに来たことを語った。源太郎も矢作も驚きと共に憤りの表情となった。

「わたしはこれから、雪乃殿と共に評定所へまいる」

源之助は言った。

「よし、おれは君塚を連れて行く」

言った矢作に、源太郎が危ぶんだ。

「そんなことをして大丈夫なのですか」

「ああ」

「兄上らしい強引さですか」

源太郎が苦笑を漏らす。

「いや、そうではないぞ。これから、君塚を小伝馬町の牢屋敷に護送せねばならんかららな」

矢作は声を上げて笑った。

「そういうことですか」

源太郎は納得顔で言った。

ふと長屋門を見ると、雪乃が端然と立ち尽くしていた。

君塚と雪乃に源之助が加わり評定所に訴え出る。雪乃が持つ五十嵐の遺書、君塚が持つ大杉の誓約書があればいくら御側御用取次でも罪は免れまい。

勝負ありだと源之助は確信した。

五

水無月晦日《みそか》の晩、源之助は浴衣に着替え縁側でくつろいでいた。そこへ、久恵が西瓜を持って来た。よく冷えた西瓜である。

「これはいい」

源之助は相好を崩した。折よく源太郎と美津もやって来た。二人とも浴衣に着替え、去り行く夏の夜を楽しもうというようだ。

「あなた方もどう」

久恵に言われ、二人ともいただきますと顔を輝かせた。美津が塩茹《しおゆ》でにした空豆《そらまめ》を持参した。早速源之助が摘む。

「美津殿は料理上手だ。おまえは果報者だな」

するとて久恵が、

「申し訳ございませんね」

と、皮肉交じりに言う。

「いや、そういう意味ではない」

源之助はあわてて否定したが、久恵は表情を緩めることはなかった。美津が、

「父上、いけませんよ。母上の機嫌を損ねてばかりいらしては」

とからかい口調で言った。

「そんなことはない」

「おありでしょう。今朝、朝帰りされたそうではありませんか」

「いや、あれは」

源之助はついやりこめられてしまった。

「父上のことですから、遊びなどではなく、御用の上ということはよくわかります。ですけど、母上はとても心配なさっておられたのですよ」

美津は言った。

「まあ、それはな」

源之助は曖昧に口ごもった。

「ちゃんと、母上に謝られたのですか」

「謝るようなことはしておらぬ」

源之助はついむきになってしまったが、ちらっと横目に映る久恵の心配げな顔を見ていると申し訳なさが胸をついた。

「すまん」

源之助は頭を下げた。久恵はしばらく黙っていたがくすりとおかしそうに肩を揺すって笑った。

「母上、いつも遠慮ばかりなさっているんですから、この際です。父上に申されたいこと、申された方がよろしいですよ」

「そうですね。わたしの申すことなど聞き入れてはくださらないでしょうが、お身体だけはご自愛ください」

久恵は小さく頭を下げた。

改めて妻から言われてみると、胸にずしりときた。今年の猛暑、しっかりと自分が歳を重ねたことを実感した。

「わかった」

言葉は短いがそれだけで十分久恵には伝わったと思う。そこへ、心地よい風が吹いてきた。風に秋の訪れを感じる。

「心地よいこと」

美津が言った。

「今年の夏は確かに堪えた」

すると源太郎が、

「父上でも弱音を吐かれるのですね」

「馬鹿、わたしでもとはなんだ。わたしだって人間だ」

ここで笑いが起きた。長閑な夏の夜である。ふと、

「雪乃さま、どうされるのでしょうね」

源太郎が呟くように言った。

「五十嵐家は断絶だ。御側御用取次大杉左兵衛佐さまを道連れにな。御家は断絶となるが、雪乃さまのことだ。力強く生きていかれることだろう」

源之助は言葉通り雪乃なら新たな人生を力強く切り開いていくことを確信している。

「わたしもそう思います」

源太郎も同意した。

「なんだか、今回の一件、男よりも女の凄さを知ったようだな」

「まさしくおっしゃる通りです」

源太郎がまたしても賛成したところで、

「女はか弱きものですよ。ねえ、母上」

美津が口を挟んだ。久恵も首を縦に振る。

「か弱いばかりではない。男勝りの女もおる。厄介な女がな」

源太郎が反論した。

「それ、わたしのことですか」

美津は口を尖らせた。

「そうだ。おまえなんぞは気の強い女の見本みたいなもんだ。すぐに頰を膨らませ怒りを露わにするからな」

「そんなことありません」

瞬時に美津の顔が怒りで真っ赤に染まった。

「みろ、言ったそばから」

源太郎が言うと美津はきょとんとなったが、やがてくすりと吹き出した。それを潮に庭は笑い声で包まれた。短夜は源之助にとっても源太郎にとっても束の間の安らぎをもたらしてくれた。

自分の老いをひしひしと感じた夏であったが、ゆっくりと去ってゆく。暑さひとしおの後は実りの秋が訪れてくれるだろう。

人生も秋を迎えようとしているのか。そう思うと盛夏が恋しくなった。

時代小説

二見時代小説文庫

名門斬《めいもんぎ》り　居眠《いねむ》り同心《どうしん》　影御用《かげごよう》14

著者　早見《はやみ》　俊《しゅん》

発行所　株式会社　二見書房
東京都千代田区三崎町二－一八－一一
電話　〇三－三五一五－二三一一［営業］
〇三－三五一五－二三一三［編集］
振替　〇〇一七〇－四－二六三九

印刷　株式会社　堀内印刷所
製本　ナショナル製本協同組合

落丁・乱丁本はお取り替えいたします。
定価は、カバーに表示してあります。

 ISBN978－4－576－14095－7
http://www.futami.co.jp/

居眠り同心 影御用 源之助 人助け帖
早見俊［著］

凄腕の筆頭同心がひょんなことで閑職に……。暇で暇で死にそうな日々に、さる大名家の江戸留守居から極秘の影御用が舞い込んだ！　新シリーズ、第1弾！

朝顔の姫 居眠り同心 影御用2
早見俊［著］

元筆頭同心に御台所様御用人の旗本から息女美玖姫探索の依頼。時を同じくして八丁堀同心の不審死が告げられた。左遷された凄腕同心の意地と人情。第2弾！

与力の娘 居眠り同心 影御用3
早見俊［著］

吟味方与力の一人娘が役者絵から抜け出たような徒組頭次男坊に懸想した。与力の跡を継ぐ婿候補の身上を探れ！「居眠り番」蔵間源之助に極秘の影御用が…！

犬侍の嫁 居眠り同心 影御用4
早見俊［著］

弘前藩御馬廻り三百石まで出世した、かつての竜虎と謳われた剣友が、妻を離縁して江戸へ出奔。同じ頃、弘前藩御納戸頭の斬殺体が、柳森稲荷で発見された！

草笛が啼《な》く 居眠り同心 影御用5
早見俊［著］

両替商と老中の裏を探れ！北町奉行直々の密命に居眠り同心の目が覚めた！同じ頃、母を老中の側室にされた少年が江戸に出て…。大人気シリーズ第5弾

同心の妹 居眠り同心 影御用6
早見俊［著］

兄妹二人で生きてきた南町の若き豪腕同心が濡れ衣の罠に嵌まった。この身に代えても兄の無実を晴らしたい！血を吐くような娘の想いに居眠り番の血がたぎる！

殿さまの貌《かお》 居眠り同心 影御用7

早見俊［著］

逆袈裟魔《ぎゃくげさま》出没の江戸で八万五千石の大名が行方知れずとなった！元筆頭同心で今は居眠り番と揶揄される源之助のもとに、ふたつの奇妙な影御用が舞い込んだ！

信念の人 居眠り同心 影御用8

早見俊［著］

元筆頭同心の蔵間源之助に北町奉行と与力から別々に二股の影御用が舞い込んだ。老中も巻き込む阿片事件！同心の誇りを貫き通せるか。大人気シリーズ第8弾

惑《まど》いの剣 居眠り同心 影御用9

早見俊［著］

元筆頭同心で今は居眠り番、蔵間源之助と岡っ引京次が場末の酒場で助けた男は、大奥出入りの高名な絵師だった。これが事件の発端となり…。シリーズ第9弾

青嵐《せいらん》を斬る 居眠り同心 影御用10

早見俊［著］

暇をもてあます源之助が釣りをしていると、暴れ馬に乗った瀕死の武士が…。信濃木曽十万石の名門大名家に届けてほしいと書状を託された源之助は……。

風神狩り 居眠り同心 影御用11

早見俊［著］

源之助の一人息子で同心見習いの源太郎が夜鷹殺しの現場で捕縛された。濡れ衣だと言う源太郎。折しも街道筋を盗賊「風神の喜代四郎」一味が跋扈していた！

嵐の予兆 居眠り同心 影御用12

早見俊［著］

居眠り同心の息子源太郎は大盗賊「極楽坊主の妙蓮」を護送する大任で雪の箱根へ。父の源之助には妙蓮絡みで奇妙な影御用が舞い込んだ。同心父子に迫る危機！

二見時代小説文庫

七福神斬り　居眠り同心 影御用13
早見俊［著］

元普請奉行が殺害され亡骸には奇妙な細工！ 向島七福神巡りの名所で連続する不思議な殺人事件。父源之助と新任同心の息子源太郎による「親子御用」が始まった。

憤怒の剣　目安番こって牛征史郎
早見俊［著］

直参旗本千石の次男坊に将軍家重の側近・大岡忠光から密命が下された。六尺三十貫の巨軀に優しい目の快男児・花輪征史郎の胸のすくような大活躍！

誓いの酒　目安番こって牛征史郎2
早見俊［著］

大岡忠光から再び密命が下った。将軍家重の次女が輿入れする喜多方藩に御家騒動の恐れとの投書の真偽を確かめよという。征史郎は投書した両替商に出向くが…

虚飾の舞　目安番こって牛征史郎3
早見俊［著］

目安箱に不気味な投書。江戸城に勅使を迎える日、忠臣蔵以上の何かが起きる……。将軍家重に迫る刺客！ 征史郎の剣と兄の目付・征一郎の頭脳が策謀を断つ！

雷剣の都　目安番こって牛征史郎4
早見俊［著］

京都所司代が怪死した。真相を探るべく京に上った目安番・花輪征史郎の前に驚愕の光景が展開される…。大兵豪腕の若き剣士が秘刀で将軍呪殺の謀略を断つ！

父子の剣　目安番こって牛征史郎5
早見俊［著］

将軍の側近が毒殺された！ 居合わせた征史郎に嫌疑がかけられる！ この窮地を抜けられるか？ 元隠密廻り同心と倅の若き同心が江戸の悪に立ち向かう！